龙的传说之
命运交错

[英]克蕾西达·考威尔 著

罗婉妮 译

青岛出版社
QINGDAO
PUBLISHING HOUSE

国家一级出版社
全国百佳图书出版单位

警告

如果本书所涉及的
内容与任何史实有相似或
相同之处，那都纯属巧
合，请勿对号入座！！

谨以此书，献给我的朋友——无牙！

H.H.H 三世

您不一定要按照顺序来阅读"驯龙高手"系列丛书，但是如果您想按顺序阅读的话，以下就是这套书的正确排序。

关于小嗝嗝

小嗝嗝是本书的主人公，他的全名叫
小嗝嗝·霍兰德斯·黑线鳕三世。他是个
出色的剑客和龙语者，也是迄今为止最伟大的
维京英雄。可是，当小嗝嗝在回忆录里回顾过去——
他还是个非常平凡的小男孩时，
他发觉要成为一名英雄，
真的很不容易……

小嗝嗝

鼻涕粗

鱼腿斯

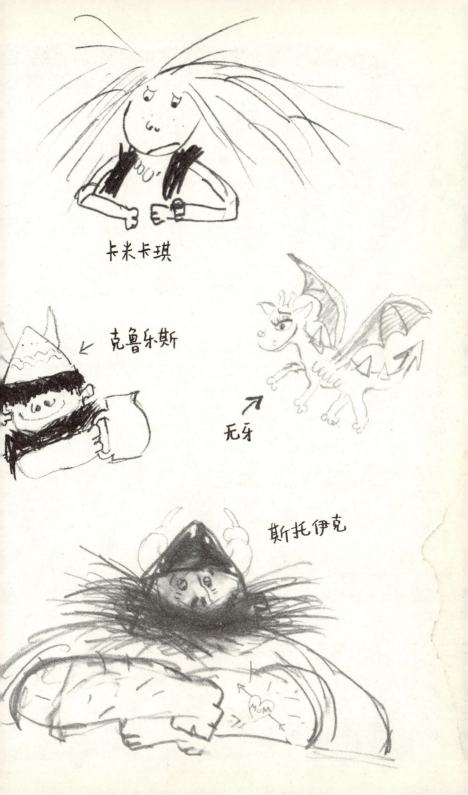

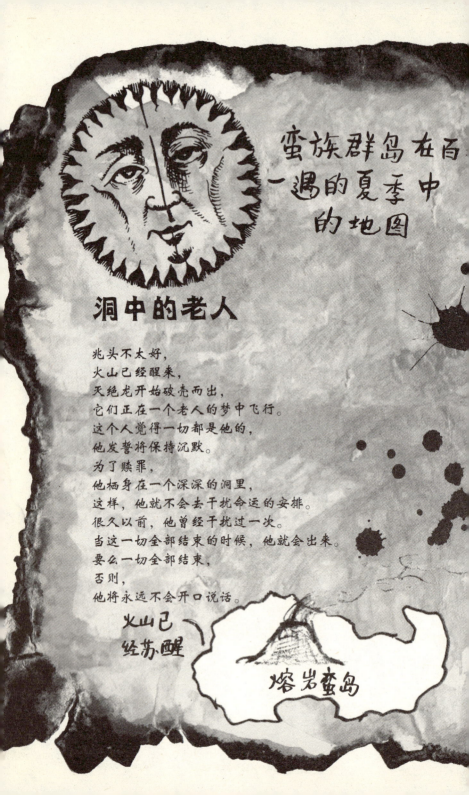

蛮族群岛在百
一遇的夏季中
的地图

洞中的老人

兆头不太好，
火山已经醒来，
天绝龙开始破壳而出，
它们正在一个老人的梦中飞行。
这个人觉得一切都是他的，
他发誓将保持沉默。
为了赎罪，
他栖身在一个深深的洞里，
这样，他就不会去干扰命运的安排。
很久以前，他曾经干扰过一次。
当这一切全部结束的时候，他就会出来。
要么一切全部结束，
否则，
他将永远不会开口说话。

火山已
经苏醒

熔岩蛮岛

~目录~

小嗝嗝·
霍兰德斯·
黑线鳕
三世

小嗝嗝的开场白

我还是小男孩的那个年代,有很多英雄。

现在我已垂垂老矣,我的头发已经花白,脸上爬满了皱纹,过去似乎已经离我很遥远了。

所以,我讲述的感觉,就好比它是发生在别人身上的故事一样,因为过去的我——那个小男孩现在已经离我远去,也许跟一个陌生人差不多。

这是我在十一岁时遇到的一个英雄的故事,那时我即将踏上一生中最危险的一次远征——阻止一座火山的爆发。

他是一位非常伟大的英雄,可他再也不想当英雄了……

我是只被囚禁在蛋里的灭绝龙。我能从这透明干净的壳中望见外面的世界，但是抓了十五年还是没法弄破它。我张望着外面的世界，特别想喷一把火把它点燃。经过这么多年，我的愤怒慢慢熬啊，慢慢炖啊，开始沸腾啦，现在它终于热腾得冒火烟了。

1."骑龙放牧驯鹿"课程

小嗝嗝·霍兰德斯·黑线鳕三世永远不会忘记他初次看到灭绝龙的那天。

他怎么会忘了呢?

这是他短暂的冒险生涯中一次最恐怖的经历。

他就坐在一个火圈中间,这个火圈越缩越小,他根本无路可逃。穿过火焰潜行而来的那些很像美洲豹的恐怖身影,便是灭绝龙的轮廓。它们正在悄无声息地靠近……

等一等。

我最好从头开始讲。

故事在八月的热浪中展开,这真是让人吃惊,因为维京人领土上的八月通常都很寒冷、潮湿。不过,它的冬天变得越来越热了。随着温度的上升,小嗝嗝的外公老威利喋喋不休地说这种预想不到的温暖预示着厄运的降临,他还说有一种可怕的新种群的龙已经在西方醒来,而且将会带着火前来毁灭他们……

可是,不幸的是,没人真的拿老威利的话当回事儿,因为他不是太善于预测未来。

特别是在这天,太阳好像迷了路,**火辣辣**地照在平常总是湿乎乎的贝客岛上,它大概觉得自己是在非洲吧。

天空中没有一丝云彩(更别提灭绝龙了)。

　　小嗝嗝·霍兰德斯·黑线鳕三世，也就是大块头斯托伊克首领唯一的儿子，正在贝客岛上参加毛霍里根族的海盗训练课程。

　　小嗝嗝的老师打嗝戈伯决定要在这个特别闷热难耐的夏日进行训练，可这个时候你往往只想躺在树荫下面喘口气，用兽角杯装上清凉的水畅快地喝下去。在这个时候上"骑龙放牧驯鹿"课，绝对是个"绝好"的主意。小嗝嗝不太同意打嗝戈伯的想法。

不过，打嗝戈伯可没有打算询问小嗝嗝对这件事的看法。

打嗝戈伯是个六尺半高，手中持有斧头的**疯狂男人**，他可不是那种可以让你顶撞的老师。

学习这门课程的十二个学生全都到齐了。他们站成一排，一个个热得全身都被汗水浸透了，显得无精打采。他们在"胡戈山"的半山腰，使劲地拍打着在闷热得冒气的空气中聚成**乌压压**一大片的蚊子。

令大家意想不到的是，小嗝嗝·霍兰德斯·黑线鳕三世就是这个故事的主人公。因为他看上去的确是其貌不扬，无论怎么摆弄，他那头亮红色的头发总是倔强地向上竖起，而且他显然

也不具备成为英雄的素质。

小嗝嗝最好的朋友叫鱼腿斯，这是上课的人里面唯一一个比小嗝嗝更不配当维京人的男孩。他是个近视眼，长着 O 形腿和扁平足，还患有哮喘、湿疹等病，对爬行动物和石楠花等过敏，而且还不会游泳。他整个人就像根豆芽菜。

还有鼻涕脸鼻涕粗。如果你恰巧喜欢那种身上有**骷髅刺青**、会欺负所有会动又比他个子小的东西，而且很不讨人喜欢的男孩，那他挺适合你的胃口。

下一个是塔夫那·朱尼尔。如果你恰巧喜欢结交那种满脸粉刺、爱抠鼻子、会把斧头放在枕头底下的年轻小混混，见到他你会很高兴。

至于狗不理斯·杜布雷，他是所有人当中个子最高、出汗最多、体味最重的，可以说是一头兼具高雅与魅力而且还戴着头盔的猪。

他们全到齐了。这群长着痘痘的未成年孩子组成了一支可怕的队伍。戈伯正一如既往地激情澎湃地冲着他们大声喊叫。

"好了！"戈伯喊道，汗水挂满了他那红得像龙虾一样的脸庞，也流进了他的胡子里，把它变成了一片无精打采而又湿热的热带雨林。"我想你们应该把你们的狩猎龙全都带来了吧？"

他们把自己的狩猎龙全都带来了，除了克鲁乐斯。因为他真的是太笨了，如果没有监护人看管，他就不准外出。他只带上了他的酒壶，这可跟龙完全是两码事。

不过其他人都把狩猎龙带来了。

在主人们被叫来参加这项任务时，大多数狩猎龙看上去都很生气，它们伸出分叉的舌头喘着粗气，同时不停地甩动着尾巴驱赶蚊子和苍蝇。

鼻涕粗的龙"火虫"，像是一只火红色的罗威纳犬，长着一张自视甚高的短吻鳄脸，正蜷在鼻涕粗的腿上。想着如果它往戈伯那**毛茸茸**的大胖屁股上结结实实地咬上一口，是不是会招来什么麻烦。

如果它下定决心这么做的话，课应该已经上不下去了，因为戈伯会被送往医务室……

鱼腿斯和他的龙"恐怖奶牛"

鼻涕粗在猛拍蚊子

不过，虽然极不心甘情愿，它还是决定不自找麻烦。

鱼腿斯的龙"恐怖奶牛"是所有人听说过的唯一一只吃素的狩猎龙。它直着身体睡在鱼腿斯的怀里，鱼腿斯尽量把它的头竖起来，让它看起来好像是醒着而且在认真听着，因为戈伯要求每个人在课堂上要保持高度清醒。

其他的那些龙不是趴伏在主人的脚边，就是在比主人的头高一点儿的地方无精打采地盘旋，它们都希望此刻自己身在别处。

小嗝嗝的狩猎龙"无牙"是迄今为止最小的亮绿色"普通龙"或"花园龙"，个头跟淘气的腊肠犬或杰克·拉瑟短腿狗差不多。

它是唯一一只跟戈伯一样对远征表现出饱满热情的龙。

它显得很不耐烦，从小嗝嗝的背心里钻进钻出，动作很快地沿着他的外衣向上蹿。它的小爪子挠着小嗝嗝的肚子，然后向上从衣领口处爬出来，往小嗝嗝的脑袋上爬去。之后它会停在小嗝嗝的头盔上，张开翅膀发出几声短促又兴奋的叫声，然后又急匆匆地向下蹿回到小嗝嗝的身上去。

"我们已经启——启——启程了吗？我们要启——启——启程了吗？"无牙叫道，"我们什么时候启程啊？还有多——多——多少分钟？无——无——无牙能——能——能先走吗？我！我！呜——呜——我！"

"安静，无牙，"小嗝嗝说，这时正向下爬的无牙恰巧把爪子插进了小嗝嗝的鼻孔里。"我们现在刚到这儿。"*

"好了，男孩们，听好了！"戈伯吼道，"放牧驯鹿很像放羊，不过驯鹿的个头更大。"

克鲁乐斯举起一只手。

"哪一种的个头更大？"克鲁乐斯问道。

"羊是圆滚滚、毛茸茸的；驯鹿是个头更大的动物，它们头上有尖尖的东西。"鱼腿斯善意地解释道。

"谢谢，鱼腿斯！"戈伯说。"你们要用你们的狩猎龙来聚拢想从我们的牧群里突围而出的驯鹿。你们可以利用这个机会，好好练习练习在'牧羊课'里学到的所有技能。"

"我不知道不中用的小嗝嗝将来怎么担当这个部落的首领。"鼻涕粗冷嘲热讽道，"他连自己那只像细菌那么大的龙都控制不住。看看上次'牧羊课'发生了什么事。"

那一次，无牙茫然不知所措，单枪匹马地冲向羊群，把整群羊赶进了龙使用的厕所里。（它声称这是场意外事故，不过小嗝嗝很是怀疑。）

它们花了差不多四十五分钟才把羊群从厕所里救了出来，可接下来的四个星期它们都是臭气熏天。

"不过放牧中最重要的方面，"戈伯继续说，"将

---

*小嗝嗝是唯一一个懂得龙语的毛霍里根人。龙语是龙用来相互交流的语言。

会通过你们'骑龙'来表现……"

"无牙逮到驯鹿后能——能——能把它们吃掉吗？"无牙尖叫着问。

"没人能把驯鹿吃掉，无牙！"小嗝嗝低声说，"我们也不会去追它们。这是放牧，不是追捕。我们只要温和地引导驯鹿走正确的道路就行了。"

"哦。"无牙感到失望透顶。

"你们之前都没有骑过龙，"戈伯大声说，"你们会发现这要比想象中困难。今天你们要骑的龙还没有发育完全，也就是说它们还没有力气把你们带上天。"

"哦，先生……"鼻涕粗发起了牢骚，"我还以为今天我们要飞起来了呢。"

"首先你们要学会骑行，"戈伯说，"过一段时间后，我们再学飞行。如果你从一只飞行的龙身上掉落下去，鼻涕粗，你会被摔成一个粉身碎骨的维京人。这样我就很难跟你的父亲交代了。"

"无——无——无牙能不能就吃一只很小的驯鹿呢？"无牙小声地问道。

"不行。"小嗝嗝轻声说。

"所以，我们骑着龙，悄悄地接近驯鹿——不要放屁，狗不理斯——然后我们小心翼翼地包围牧群，看看能不能把它们领回毛霍里根部落。还有问题吗？有什么问题，克鲁乐斯？"

"什么是圆滚滚、毛茸茸的来着？"克鲁乐斯问道。

戈伯无奈地叹了口气。

"圆滚滚、毛茸茸的是羊，克鲁乐斯，它们是羊。现在，你们会发现那些坐骑龙个个都是生龙活虎的。它们就在这里——坐骑龙在哪里？"戈伯恼怒地问道，"它们应该跟在我们后面的。"

"我想它们在那儿，先生。"鱼腿斯指着不远处一棵盘根错节的小树说道。

坐骑龙看样子可远谈不上生龙活虎。它们躺在树荫下，把头靠在爪子上，吐着分叉的舌头。

戈伯大步流星地走向它们，边拍手边叫着："来吧，你们都起来到那边去。看在托尔神的分上，你们的样子应该是很可怕的。"

就在坐骑龙们站起来，像一群脾气很坏的狮子一样偷偷地穿过枯萎的褐色石楠花丛朝它们的主人走去时，小嗝嗝突然意识到真的要有非常可怕的事情发生了。

这件事情是个小小的暗示，暗示这一天也许会出现意想不到的转折。

坐骑龙们刚才用来遮阴的那棵树枯萎了，枝节歪歪扭扭，已经碳化了。树的四周都是烧焦的印记。小嗝嗝又走近一点儿观察，**惊恐地发现**整个背面的山坡都被烧焦了，变成了一片黑麻麻的荒地。

那里曾经生长着石楠花丛，它们随风摇摆，上面落满了蝴蝶、蚱蜢和"嗡嗡"叫的小小龙；现在却只剩下灰烬和残茬，空白处满是累累伤痕，布满整个山坡。

只有一样东西能对山坡造成如此巨大的影响，它不是太阳，不管它照射的光芒有多强烈。

　　是火。

2. 灭绝龙

小嗝嗝艰难地咽了一口口水。

"哦，天啊！哦，天啊！哦，天啊！哦，天啊！哦，天啊！"他喃喃自语道，"这是谁干的？"

你知道的，对于火的使用，龙通常是非常谨慎的。它们用火来战斗或捕食猎物，可它们从未想过对着一整片土地放火。它们为什么要这么干呢？这是一片它们赖以生存的土地，给它们提供食物，为它们遮风挡雨。

这一定是跟它们截然不同的龙的种群——"恶棍龙"干的。

小嗝嗝不太乐意去想这种龙会有多危险。

"嗯——，先生，"小嗝嗝说，"我认为您应该过来看看这个……我想这儿曾被龙火烧过。"

"龙火？**简直是一派胡言！**"打嗝戈伯走过来看了看这片遭到毁坏的土地，叉着腰不以为然地说，"这肯定是夏天的闪电造成的。"

"最近并没有暴风雨，"小嗝嗝说，"您看，"小嗝嗝跪在尘土中，"灰烬中有一种淡绿色的痕迹。这很明显地表明是恶棍龙干的。"

"谢谢你，小嗝嗝。"戈伯冷嘲热讽地说，"你给我们上了一堂有用的课，不过我才是这里的老师。回去排好队！"

小嗝嗝回到了队伍里。

看到小嗝嗝被责备，鼻涕粗得意地笑了。

"没有龙胆敢在毛霍里根族的要塞——贝客岛上攻击我们，哪怕是恶棍龙。这个想法实在是太过可笑、荒唐、怪异，太不成体统了！"戈伯咆哮道，"所有人都骑上自己的龙！赶快，快快快！"

疣猪爬上他的"沼泽虎"，鼻涕脸鼻涕粗骑上了那里最好的龙，那头线条流畅、看上去很凶狠的"邪魔龙"。

塔夫那·朱尼尔那只"暴冲龙"的身体两侧还有用来催促它加速的缰绳。

"不中用的小嗝嗝和他那个败家子朋友鱼腿斯真的让我们很失望，先生，"鼻涕粗嘲笑道，"看看他们那可怜的坐骑龙。他们简直是部落的耻辱！"

鱼腿斯和小嗝嗝选中了龙群中的两只怪胎：一只是又丑又乖戾的"痘痘龙"，它的肚子胖得都快贴着地面了；另一只是忐忑不安的"风行龙"，它的眼神很狂野，而且脚瘸得很明显。

几天前，他们到关着龙的龙厩那里挑选坐骑时，小嗝嗝身为首领的儿子应该享有优先选择权。他本来应该选那只正被鼻涕粗得意扬扬地骑在上面的邪魔龙。这是一只十分出色的龙，它那发达的肌肉闪亮夺目。很显然，它总有一天会长成一只了不起的龙。

可是那只可怜兮兮又忐忑不安的"风行龙"身上有某种奇特的东西吸引了小嗝嗝。

一只又丑又乖戾的痘痘龙

他知道没人会挑选它。

不知道为什么，当他看到这只野兽身体歪斜，动作也很笨拙，而且显得焦虑不安的时候，他觉得在它身上一定发生过什么可怕的事。而且，它的腿上还留有最近被铐住过的痕迹。

"我不会选那只。"负责看管龙厩的傻拳诺布雷建议说，"我们在一次对'访抱领地'的突袭行动中发现它被困在一棵树上。我们认为它可能是'熔岩蛮金矿'

里逃出来的逃犯，逃犯永远不会成为优秀的坐骑龙。最善意的做法也许真的就是往它的头上重重地敲下去，然后结束它的性命……"

　　就这样，小嗝嗝选了这只**腐腿的风行龙**。

　　鱼腿斯和小嗝嗝都不太相信火是由闪电引起的，不过在这种情形下可不能跟戈伯争辩，所以他们只好极不情愿地骑到了自己的龙身上。

　　鱼腿斯的痘痘龙愤怒地"哼"了一声，用爪子挠着地，鱼腿斯一坐上来，它就弓起背把他甩了下去。

　　"哦，"鱼腿斯郁闷地说道，他爬起来又坐上去时

遭遇了同样的结果，不过这次更快，"看来我会爱上骑龙的……"

"我会骑着我的龙带领你们！"戈伯喊道。

戈伯的龙是一只背部高高隆起的"大蛮牛龙"，名叫"哥力亚"。

戈伯重重地往它背上一坐时，它不由得往后退了几步。

"托尔神甜美的胸毛啊……"哥力亚嘟囔道，"我确信他的屁股比上一周更胖了。如果我能飞起来那真是个奇迹了……"

"驾！"戈伯喊着，两腿一夹，赶着哥力亚起飞。

"骑龙放牧驯鹿"队伍开始穿过被烧焦的石楠花丛。

戈伯激情洋溢地在前头喊叫着，跟在他身后的每个人则显得意兴阑珊。

小嗝嗝的"风行龙"不想跟在别人后面。

它浑身瑟瑟发抖，而且不停地抬头看天。

因为某种原因，风行龙似乎丧失了说话能力，所以小嗝嗝没法问它出了什么事。

"没事的，孩子。"小嗝嗝怀着沉重的心情安慰它说，"你怎么了？今天天气很不错，你在害怕什么呢？"

风行龙不能说话，不过它肯定是被什么东西吓傻了。

"拜——拜——拜托！"无牙愤愤不平地大喊道。它说话、做事从来不经过大脑。"再这样下去其他人就会取胜的！"

"没人打算取胜的，无牙，"小嗝嗝说，他耐心地劝告风行龙继续前进，好赶上其他的人。"放牧不是什么要赢的比赛。"

"好吧，无牙会去吓一吓那些驯鹿……让——让——让它们继续跑……"无牙说。

大约一个小时以后，戈伯骑着哥力亚，稍稍领先于其他人，他发现驯鹿群正在石楠花丛中静静地吃草。

他立即飞回到正懒懒散散地骑着龙的男孩们中间。

"嘘，各位，我发现了驯鹿。"戈伯冷静地说，"现在，我们应该放松，保持秩序，不要惊扰到牧群，以免它们跑散。叫你们的狩猎龙跟紧你们，尤其是你，小嗝嗝。我希望你管好无牙，我们可不想再看到'羊群被赶进厕所'的事情再次发生。"

"不会的，先生。无牙，听到了吗？"小嗝嗝严厉地说，"你要保持万分冷静，知道吗？"

无牙拖着脚在小嗝嗝的肩膀上走，严肃又认真地看着小嗝嗝的眼睛，激动地点点头。"哦，哦，哦，是，是，是，无——无——无牙会非——非——非常冷静的，哦，是的。"

小嗝嗝眨了眨眼睛。因为龙的眼睛具有催眠作用，所以他已经开始觉得晕眩了。"你发誓？"小嗝嗝低声说。

"无——无——无牙发誓，绝不插手，**只管等死**……"说着，它用自己小小的分叉舌头舔了舔小嗝嗝的鼻子。

可是小嗝嗝还是牢牢地抓住这只小龙的身体。

公平地说，无牙真的在努力遵守承诺。它站在小嗝嗝的肩头上背对着牧群，这样它就不会忍不住去看牧群。它哼着歌，试着去想一些与驯鹿无关的事情——比如说老鼠和鱼，还有其他一些有趣的偶蹄类动物……真烦人……还是想到了驯鹿。

男孩们全都在减速慢跑。他们的狩猎龙在空中盘旋

着，紧跟在他们身后。"这些羊的脑袋上长着尖尖的角。"
克鲁乐斯说。

　　"克鲁乐斯，那是因为这些羊是驯鹿。托尔神，请
赐予我力量吧！保持稳步前进……不要突然移动……鱼
腿斯，试着继续向前行进……不过我们得保持非常、非
常安静……"

无牙实在忍不住了，转过头偷偷地看了一眼。驯鹿就在那儿，那么大、那么肥壮、那么诱人……那么呆呆地站在那儿……如果它上前去吓它们一下会怎么样……

　　"无牙……"小嗝嗝低声警告道。

　　无牙马上又把身体转了回去。

　　"好了，孩子们，"戈伯高兴地说，"你们干得真不错！它们完全没被惊扰到……我们只要继续安静地再赶几分钟，然后——"

　　"让——让——让无牙去吃掉它们吧！"无牙尖叫道，它连多一刻钟也忍不下去了。它用锋利的小牙床轻

啄着小嗝嗝的手指让他松开手，然后像只小女妖一样尖叫着猛冲向鹿群。

"哦，我的天啊！" 小嗝嗝倒抽了一口气。

"看在奥丁神的分上，你的龙在干什么，小嗝嗝，你就不能管好它吗，马上把它叫回来，这是命令！！！"戈伯声嘶力竭地怒吼道，"阻止它！！！"

"是的，先生！马上，先生！"小嗝嗝痛苦地说，他催促着风行龙向前进，在空中追逐那只小龙。

"无牙，停——停——停——停下！"小嗝嗝喊道，他试着一边大喊一边保持冷静，可这不是一件容易的事。

无牙轻轻地甩了甩尾巴，将翅膀调整到"模糊"模式。这意味着它会向前猛冲，只比音速稍微慢一点儿。这种飞行模式也有效地打断了小嗝嗝尖叫的声音。

无牙在空中快速穿行时，对自己解释说，无牙只是在放牧而已，这只不过是一次为了让鹿群保持警觉的小小的放牧行动……它们会喜欢的，看，它们正在笑……

它开心地注意到，那些愚蠢的驯鹿开始逃跑。

"冲——冲——冲——冲啊！！！"无牙一边飞一边高兴地喊道。

"我的托尔神啊……"戈伯咆哮起来，让哥力亚加速前进，"驯鹿开始跑散了……"

在戈伯加速前进的同时，其他的男孩也都照着做。不一会儿，"骑龙放牧驯鹿"小分队已经完全失去了冷静。

他们看上去像是一道野蛮的原始风景：十二个男孩骑在十二头龙身上飞驰着穿过石楠花丛。前面的打嗝戈伯像个疯子一样飞在他们上头，而在他前面的是厉声尖叫着的狩猎龙们，它们像狗一样正等待着血溅的时刻。

"向左，小嗝嗝，继续向左——左——左——左！"打嗝戈伯吼道，因为小嗝嗝骑在闪电般的风行龙身上消失在了远处。

"停下！哇哦！左边！"小嗝嗝尖叫道。那只疯狂、低劣又骨瘦如柴的风行龙，靠着三只脚发了疯似的左右摇摆着往前跑，速度越来越快。

无牙厉声叫喊着径直冲向有着三百六十只驯鹿的鹿群中间——这跟在台球桌上一个白球稳稳地撞向红球排成的三角形效果是一样的。

三百六十只驯鹿朝三百六十个不同的方向弹开去，形成了岛上的三百六十度角。

"喔喔喔 —— 喔喔喔——喔喔喔！！！"无牙发出了胜利的鸣叫。"放牧放得真棒——棒——棒，无牙！"

然后它连着翻了三个胜利的跟斗。"停——停——停下来继续战——战——战斗，你们这群木头

无牙感到十分抱歉

29

脑袋奶牛！"它在四散的驯鹿群屁股后面高声怒骂道。

小嗝嗝和风行龙气喘吁吁地追上来，"咻"的一声猛地刹住了身体。

"太迟了！"无牙唱道。"慢——慢——慢性子！你看到了没——没——没？无——无——无牙把它们全都治住了，只用了一次攻击。无牙真聪——聪——聪明，无牙是胜利者，无牙是——"

"无牙，你太淘气了！"小嗝嗝打断它说，"我告诉过你要保持冷静的，我告诉过你别追着驯鹿跑，你还记得吗？"

"哦，哦，哦，对……无牙现在记起来了。"它把尾巴夹进了两腿之间。

"无牙只是在放——放——放牧……"它小声地说。

"那不是放牧，无牙，那是在追逐！"小嗝嗝责骂道。

至少可以说，戈伯不怎么高兴。

"小嗝嗝善意地给我们示范了一下什么叫不是放牧。那绝对是你们应该做的事的反面教材。对，我们就是得全部从头来过，难道不是吗？从最开始来过。"

"哦，小嗝——嗝。"男孩们一边怒视着小嗝嗝，一边发着牢骚。鼻涕粗耀武扬威地从鼻子里发出哼声："小嗝嗝又在表现自己有多不中用。"

这是接下去令人筋疲力尽的那几个小时的开端。

无牙浑身变得很热，既疲倦不堪又饥肠辘辘。随着

痘痘龙将鱼腿斯
第15次从背上
摔下来……

31

午后时光的慢慢流逝，大群大群的蚊子过来叮咬他们。无牙在小嗝嗝的头盔下爬动着想要摆脱它们，不停地发着有回响的牢骚。

"无牙现在要回家……再待下去也没什么意——意——意思了……"

过了一阵子，驯鹿们似乎又再次形成了一大群。男孩们开始掌握了与狩猎龙合作来引导驯鹿向正确的方向行进的窍门。这下，他们骑龙放牧变得熟练多了，也因此自豪得不得了。

鱼腿斯至少有半个小时没有从痘痘龙身上掉下来，而且他们还能尽量控制住大约十六只驯鹿，并以相当专业的方式将它们从山上引导至海岸上。

疣猪、克鲁乐斯和塔夫那·朱尼尔跟在鹿群的后面放牧，他们又是叫又是喊又是拍掌，将鹿群向前赶。其他的男孩们则分成几只小队伍，骑着龙在牧群的左右两侧走，构成了一个半圆形的包围圈。就这样，他们赶着鹿群沿着他们期望的路线前进。

就在一只大牡鹿突然想从鹿群中逃出去的时候，鼻涕粗向火虫吹了声口哨。火虫俯冲而下，伸出利爪，喷出了一串警告的火焰，于是这只牡鹿只得乖乖地跑回来，退入到鹿群中。

这才是他们想要的。

他们全都希望父亲能看到自己此刻的样子。

小嗝嗝松开双手骑着龙向前走，感觉又开心又放松，觉得自己好像有十英尺那么高。

驯鹿群涌下山去，进入了一条波光粼粼的褐色河流中，平稳地移动着。它们穿过了一条干涸的小溪流，蹦蹦跳跳地向下走去，接着又进入了树林，悠闲而又轻松地移动着……

突然间，鹿群的首领惊慌失措地前爪离地，仰起身体，因为它前方的树林中迸发出了火光。

一串长长的火焰不知道从什么地方突然冒了出来。

驯鹿们立刻发出了惊恐的叫喊声。在混乱的嘶吼声中，鹿群们蹄对蹄、角对角地相互冲撞摩擦着绕过了那片火，又继续沿着山路向下走。

维京人可没那么幸运。

当他们走到大火面前时，火苗已经蹿到三米多高了。

"快！"戈伯喊道，"快向岸边走！绕过这片火，往下面的海岸走！"

可是一切都已经太迟了。

小嗝嗝眼前这一簇火焰迅猛地横跨了整片土地，蔓延的速度比人跑得还快。

随后，小嗝嗝看到了他这辈子最为害怕也确实非常可怕的东西。他身上的每一根汗毛都像海胆的刺一样竖了起来。

有个黑色的东西正飞速地穿过树林，就是这个东西制造了这些火焰。

　　小嗝嗝只是短暂地瞥了一眼。

　　这东西好像是长着翅膀的黑色大猎豹，正在树林低处跳跃。

3. 火圈

　　只有戈伯骑的那只龙才强壮到足以载着他飞越猛火，飞离险境。

　　但是他不可能对他的学生弃之不顾，这些孩子们所骑的龙的翅膀太过孱弱，所以没法载着他们飞起来。

　　坐骑龙们拼尽全力想飞起来，可是只有鼻涕粗的邪魔龙能聚起足够的力量带着他飞到足够的高度，然后再次落到地面上。

　　骑着龙的维京人沿着这条火疾驰而下，希望能找到一个火势足够小的地方跳过去。

可是整片树林非常干燥，所以大火燃烧得又急又猛烈。

火势在不停地蔓延，开始绕成了一个圈，把男孩们逼得连连后退，驱赶着他们向山上跑去，就像片刻之前他们驱赶着驯鹿那样。

放牧人现在变成了牧群。

不一会儿，这片弯成一个圆的火的两端衔接在了一起。

现在，他们被困在了山顶上。

就在同时，男孩们将剑拔出了剑鞘。

连他们当中**最笨的孩子**也意识到他们正在遭受攻击。

他们的龙当然不害怕火，因为龙的皮肤相当防火[*]，大多数龙在火中就像海豚在水中一样兴高采烈。

龙不喜欢的是火中移动着的黑影。

这可把它们吓住了，它们乱作一团向后退去，脖子上的刺都竖了起来。男孩们都从坐骑龙背上下来了，如果他们继续待在上面，就会遭遇真的险境——这些极想逃跑的龙会把他们直接甩进地狱。因为龙的顺从是有限度的，当它们自己的生命遭受到威胁时，它们是不会留下来战斗的。

事实上，男孩们刚从它们身上下来，这些龙就向上飞走了。这让小嗝嗝更担心了，因为龙对致命危险的存在有着与生俱来的强烈感知能力。

邪魔龙、沼泽虎、暴冲龙，它们一只只地飞走了。痘痘龙在最后发出一声愤怒的类似喜乐蒂牧羊犬式的哼声之后，也飞走了。

所有的狩猎龙——火虫（鼻涕粗的凶猛夜魔）、海

---

* 有时是完全防火，要看是哪种龙。

鼻涕虫、恐怖奶牛、分叉尾、蛇心、沼泽蝇，也都飞走了。

最后，只剩下哥力亚了。

还有风行龙。

这很让人吃惊，因为风行龙整个下午都在逃跑，而现在终于有个正当的理由可以逃跑了，它却待在小嗝嗝身边，紧张得翅膀在瑟瑟发抖，还不时地转头向后看。

无牙也留下来了，藏在小嗝嗝的头盔里。它那模糊不清的抱怨声在金属头盔中回响："真不——不——不知道我们为什么会在这里……太——太——太多蚊——子了……无牙快被咬死了……无牙渴了……无牙饿了……已经过了无牙的睡觉时间，可是没——没——没人想到可——可——可怜的又饿又渴的无——无——无牙，哦不，他们都是那么自——自——自私，只考虑自己的蠢——蠢——蠢问题……"

维京人们望着火焰升入烟雾弥漫的天空，等啊，等啊，等着第一次攻击的来临。

过了没多久，一声惊恐的尖叫从他们身后传来。

他们猛地转过身，刚好看到一只驯鹿掉下来当场死亡，它的喉咙好像被一把长剑刺伤了。

"那是什么？" 鱼腿斯颤抖着问。

没有人能回答他，因为事情发生得太快了，来不及看清到底发生了什么。

"我想我看到了什么，"克鲁乐斯低声说道，"是黑色的东西，可能是只龙从火焰里冲出来，杀死了那只鹿，然后又往回跳出了火圈……"

大家又陷入了沉默。男孩们因为紧张，身体也变得有些僵硬了。他们站在烟雾升腾的圆圈中四处张望，猜想着下一次攻击会从哪个方向来。

小嗝嗝全身大汗淋漓，手中的剑也似乎要滑落，所以他不得不在背心上擦了擦左手掌。

又一只驯鹿发出了尖叫，男孩们再一次转过身去，看见这只驯鹿也已经丧命了，这次是因为心脏和头部中了剑伤。

"好吧，"戈伯说，"我们现在必须马上撤出这个地方！"

"哥力亚，你的背能背走几个人？"小嗝嗝问。

"两个，我必须说，"这只"大蛮牛龙"嘟囔道，"如果像那个人那么胖，就只能背一个了，"说着它用翅膀指了指狗不理斯·杜布雷。

"它说它能带走两个。"小嗝嗝告诉戈伯。

有趣的是，戈伯没有因为小嗝嗝在这次紧急状况中说龙语而指责他。

"鱼腿斯和快拳，"戈伯命令道，"赶快坐上哥力亚的背！"

两个男孩赶紧爬到哥力亚的背上，接着这只大块头坐骑龙展开翅膀飞了起来，飞越了火焰墙，飞出了火圈。

现在，剩下的维京人都停止了放牧工作，尽量让自己不被受到惊吓的鹿群踩踏而死，或被它们的鹿角刺死，因为这些鹿正惊慌不已地绕着火圈蜂拥而逃，它们的后腿直立起来面朝火焰，发出惊恐的尖叫。

四周又安静了。男孩们因为紧张而身体变得有些僵硬，在烟雾浓密的圆圈中向外张望。

究竟是小嗝嗝的想象，还是火圈的包围真的在缩小，总之，火焰在一步步地向他们靠近。

哥力亚回来的时候，火焰显然在向前移动，他们所站立的圆圈稍稍缩小了一些。

"鼻涕粗和疣猪，你们是下一个！"打嗝戈伯喊道。

哥力亚分五次飞出火圈，每次背上都坐了两个男孩。

第六次它只能带走狗不理斯·杜布雷一个人。

这时，火焰燃烧得更高了，高过了四棵层层叠加的大树，仿佛是一座巨大无比的塔楼，将他们团团围住。小嗝嗝的眼睛流出了眼泪，脸颊灼热得像是被火烧了一样。

"我累了，"无牙在小嗝嗝的头盔下抱怨道，它还没有意识到发生了什么事，"我们什——什——什么时候回家——家——家啊？"

"我想你应该现在就回家，无牙，你现在还能回去。"小嗝嗝试着把头盔脱下来，可无牙的小爪子牢牢地抓着它，使劲地将它向下拉，它还生气地尖叫起来："走——走——走开，可——可——可恶的主人，外边对无牙来说蚊子太——多了，如果无牙出去的话会被活活地吃掉的！"

"快来啊，哥力亚，快来啊，"打嗝戈伯咕哝着说，"你这只会爬的大鼻涕虫，照这种速度我们都要变成维京汉堡了，快点……啊，它来了，感谢托尔神！"

这只大野兽穿过火焰，飞到了一小片山地上。孩子们和它的主人都跪在那儿。小嗝嗝的风行龙在他和戈伯的身旁，身体上下起伏着，它张开翅膀，想保护他们免遭火焰的热浪袭击。

"该你走了，孩子！"打嗝戈伯吼道，他把小嗝嗝扶上了那只大龙的背，冲着这个男孩微微一笑，敬了个毛霍里根式的礼。

"另一侧再见！"戈伯说道，他的样子很是高兴，好像他完全不明白也许哥力亚不会有足够的时间回来把他也救走了。

你看看吧，这就是维京英雄。

因为也许当死亡距离戈伯只有几英尺之遥的时候，戈伯心中的恐惧会远大于他表现出的样子。

可你从他的表情上看不出来，因为他一边无所谓地吹着口哨，一边最后一次拍了拍哥力亚的侧身。"走吧，你这只长得像鳄鱼似的慢性子家伙！"他吼道。

"那就别挡我的路，你这个长着红菜芽、果冻屁股和海象脸的家伙！"哥力亚气鼓鼓地回应说。这只"大蛮牛龙"张开翅膀，准备起飞。

没人注意到那个黑影偷偷地穿过了火圈，它握着一件像剑一样闪亮的银色东西朝哥力亚跳过来，又往回跳了一下。

它的动作非常快。

这只身强体壮、声如洪钟、胸肌发达的龙向前迈了两大步……身体就一下沉了下去，倒向了一侧。

它没有发出一点儿声响，只是最后一次闭上了眼睛，动作轻得像个婴儿，轻得好比在叹气。

"哥力亚！"戈伯惊声大叫，试着用手臂的力量抬起这头"大蛮牛龙"的脑袋。"你在干什么，你这头蠢货？现在可没时间睡觉！"

"它不是在睡觉，"小嗝嗝平静地说，他还坐在这头"蛮牛"的背上。他指着哥力亚胸口上那可怕的绿色伤口说，"恐怕它已经死了，先生。"

此刻，小嗝嗝和他的老师正安静地坐着，等待着大火将他们吞噬。

　　一大圈火焰绕着那片现在已经只剩一丁点儿地方的山腰处高高地蹿起。一阵风吹来就能把这里变成地狱，让他们在瞬间毙命。

　　不过，也许要把他们送进鬼门关的任务并不是由火来完成的。

　　既然已经胜利在握，既然终结就在眼前，藏在火里的敌人当然已经准备登场来享受这最后的一击。

　　火里有什么东西在快速地移动着。

　　那些身影像黑豹一样穿过火焰，围着他们来回地转，想要捕杀他们，又像猫监视猎物一样观察着他们。

4. 战斗

那些黑影一圈又一圈地转着，越来越近。它们带着胜利的喜悦，满足地号叫着，彼此呼应。

直到最后，其中一个黑影的脑袋穿过火圈探了出来。

是一只龙，是小嗝嗝和戈伯从来没见过的一种龙。上帝创造这种龙的时候心情应该很糟糕。

它充满血丝的眼球闪着火光，前额冒出了烟，而火正从它的鼻孔里"噼里啪啦"地喷射而出。它的皮肤是半透明的，所以你能看到它的太阳穴处的黑色血管群暴怒地鼓胀着，就像是一张厚厚的、跳动着的蜘蛛网。

它把爪子举起到脸的前面，然后……

咻！咻！咻！咻！咻！咻！

六只尖爪从它那爬行动物所特有的脚趾末端射出来，像剑一样又长又宽，不仅锋利无比，还冒着热气。

黑色的唾液正从它的嘴边缓缓地流下来。绿色的火焰在它的爪子上摇曳着。它在火中低下身体，张大嘴巴，准备扑向小嗝嗝……

之后，它的脸上露出了一种极为惊讶的表情。

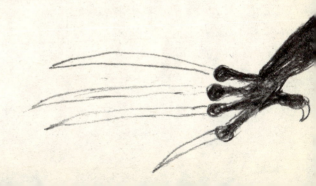

　　接着，它快速地跳回到火焰中消失了，就像出现的时候一样快。现在又来了一个，一个更可怕的角色跳进了这火焰地狱中。

　　这是一只纯白色的龙，前额中央长了一只独角。它向上跳起，翅膀舒展开来。跨坐在它背上的是一个身材魁梧的男人，两只手中各握着一把利剑。

　　可是什么样的人能闯进一团火里却依然能够活着？

　　小嗝嗝认为也许他们已经死去并且进入了英烈祠，这是托尔神或奥丁神驾临来欢迎他们。

　　之前那些黑色的龙惊恐地向后退去，不过现在它们恢复了镇定，令人恐惧地嚎叫起来。眼前的这一切，让小嗝嗝和戈伯难以置信。在他俩的注视下，一场令人惊异的战斗在火中展开了。

　　小嗝嗝之前从未见过像这样的战斗。

　　一半是龙之斗，一半是剑之斗，而且骑着白龙的男人要以一敌六。

小嗝嗝从未见过这样骁勇善战的人。那些黑色的龙们伸出它们像剑一样锋利的爪子，从上面、侧面、下面跳向他，朝他**猛扑猛刺**。

骑白龙的男人没有盾牌，仅靠双腿来控制他的龙。他像神一样咆哮着，手臂的动作快得几乎让你看不清楚。他的剑灵活自如地抵挡着每一次击打、每一次进攻和每一次戳刺。

"好了，无牙现在要出来了，"无牙在头盔底下发出闷闷的声音，"无牙马上要尿——尿——尿——尿啦！"

"现在可真不是时候，无牙，"小嗝嗝紧张地说，他把头盔紧紧地压在头上，"你应该早点走的……"

"让我出去！无牙现在就要出——出——出去，不然就要在恶毒的主人头——头——头上尿——尿啦！"无牙尖叫道，愤怒地用脚后跟击打着头盔。

转眼间，骑白龙的男人同时挡开了二十四只剑爪的进攻。下一秒，他用手臂左攻右击，两只黑色的龙就这样倒在火焰中死去了。

此时，剩下的那四只龙也放弃了战斗，像几只巨大的黑色蝙蝠一样飞到了空中。骑白龙的男人飞驰着穿过火焰，进入了小嗝嗝、戈伯和风行龙正蹲伏在其中的火圈里。死去的哥力亚也躺在那里。

"大肚子的家伙，"男人边吼着边脱掉了他的斗篷，"爬到我的龙背上来！"

"这个男孩应该先走！"打嗝戈伯说。

"它载不了我们所有的人！"男人喊道，他的声音越过"噼啪"作响的疯狂火焰，慢慢地越来越近，"不过这个男孩不会有事的，你可以相信我的话！"

"你发誓！"戈伯说。

"我发誓！"男人说。

男人接着把斗篷丢给了小嗝嗝。

"用它把自己包起来，孩子，你自己的龙会带你离开这片火海的！"

戈伯缓缓地站了起来，小心翼翼地从头上脱下头盔，轻轻地将它放在了死去的哥力亚的胸膛上。

戈伯一爬上白龙的背，白龙立即一跃而起，飞到了半空中。

"把自己包得紧点儿！"男人向下冲着小嗝嗝喊道，"它是防火的！"

小嗝嗝独自待在火圈中。这火圈离他那么近，他的两只袖子也被火烧着了。

小嗝嗝跳上风行龙的背，把斗篷盖过脑袋。此时，火势还在蔓延，吞噬了最后一片没被燃烧的土地。

火焰瞬间吞没了一切。

这件斗篷像海洋里的水一样冰冷，闻起来也像鱼的味道一样惬意。

被它包裹着的感觉就像被海洋包裹着一样，小嗝嗝因为它欢快的震动而不禁气喘吁吁。

小嗝嗝把斗篷那冰冷的边儿卷起来，牢牢地裹住身体的每个部位，连一根手指、一根脚趾和一寸身体都不暴露在火中。他的手臂**紧紧地环绕着**风行龙瑟瑟发抖的背。

"跑起来，风行龙，跑起来！"小嗝嗝轻声说道。就在整座大山都被大火吞噬之际，风行龙跑了起来。

5. 骑白龙的男人是谁？

大块头斯托伊克是小嗝嗝的父亲，也是毛霍里根部落的首领。他是个粗线条的男人，肚子大得像艘战舰，胡子则像是被施以电击的阿富汗猎犬的毛。

他刚才还在一个温暖得出奇的下午，平静地享受午餐后的小憩，这时却被手下几个士兵无休止的闲聊给吵醒了。他们告诉他"至高点"上起了大火……而海盗训练课程中的放牧驯鹿课就在那上面进行。

斯托伊克立刻对可能发生的最糟糕的结果感到害怕起来。斯托伊克平时不是那种胆小怕事的人，可他的岳父老威利——一个占卜师已经接连几周告诉他，预兆显示小嗝嗝正处于危险之中。

斯托伊克对此一笑了之，因为他不是一个善于思考和喜欢担心的人，虽然对一个瘦小得难以肩负任何重任的小男孩来说，小嗝嗝似乎确实已经遭遇了不少险境。*

"叫消防队出动！" 斯托伊克吼道，他从床上跳起来冲向门口，身上只穿了一件很迷人的毛绒裤衩。这件裤衩是他的妻子瓦哈拉腊玛在一次国外的远征中给他带回来的。

紧挨着龙生活时，你必须得拥有一个极为高效的消

---

* 请参见该系列《如何驯服你的龙》《海盗王的宝藏》《逃离幽森城堡》以及《龙的诅咒》等册。

防系统。尽管大多数龙都尽量避免在不必要的时候喷火，狩猎龙和坐骑龙却总是不小心让家具或茅屋着了火。在这种情况下，消防队要在短短两分钟内到达现场。

消防队由一整队喷水龙组成。之所以这样称呼它们，是因为它们的胃可以膨胀起来，装下大量的水，然后由训练有素的消防士兵骑着它们进行灭火。这次用的时间稍稍超过了两分钟，因为"至高点"离毛霍里根部落的飞行距离有点儿远。可是在较短的时间内，整支消防队都到达了现场。喷水龙们俯冲而下进入海里，用身体盛满海水，然后对着熊熊大火喷射出来。

它们的努力当然收效甚微，因为这可不是一只喷火龙引燃了一条床单之类的芝麻绿豆大的小事儿，而是一大片处于火海中的山地。半裸的斯托伊克骑着龙赶到的时候，大火依然还在熊熊燃烧。

一排狼狈不堪的参加海盗训练课程的学生正沮丧地望着这片火光。透过烟雾看看他们，个个都灰头土脸，难以辨认。

"小嗝嗝在哪儿？"斯托伊克结结巴巴地说，他从他的坐骑龙上下来，擦掉离他最近的一个小男孩脸上的污渍，满心希望那个被浓烟呛得喘不过气来的小家伙是他的儿子。"小嗝嗝在哪儿？"

令人难过的是，疣猪摇了摇头，用他那脏兮兮的手臂指着眼前那猛烈的火光。

"不！"斯托伊克喊道，他凝视着那片火光冲天的森

维京龙和它们的蛋

喷水龙

这些样子很奇怪的动物起源于亚洲的沙漠。它们把水储藏在背部的隆起中（有些储藏在胃里），和骆驼储水的方式差不多。

统计资料

颜色：土黄色、深黄沙漠色

攻击装备：★★★★☆

恐怖指数：★★☆☆☆

攻击力：★★★☆☆

速度：★★★☆☆

体形：★★★☆☆

防御力：★☆☆☆☆

从火焰上滑落下来

林，泪水浸湿了他的胡子。

这时，风行龙拼命地从火里跑出来。它跑到等待着的维京人群中停了下来。小嗝嗝连忙用手去扯那张斗篷，迅速地拉开了它，害得自己摔倒在石楠花丛中。

他发现自己面前正是父亲斯托伊克焦急的脸，还有其他几个士兵的脑袋。

这些脑袋后面就是湛蓝的天空，再往后是火光冲天的"至高点"，这是属于哥力亚和驯鹿们的盛大火葬。

可是这一次并不属于小嗝嗝。就在小嗝嗝**四仰八叉**摔倒在地的时候，他的头盔也掉了，热乎乎又气鼓鼓的无牙飞了出来。"恶毒，恶毒的主人！"无牙骂道，"小嗝嗝很幸运，善良好心的无牙没有在他的头上尿尿！"

不过，当这只小龙看到熊熊燃烧的火焰时，马上就抛却了怒气。"噢噢噢噢噢噢，火！"无牙兴奋地尖叫道，急匆匆地飞到火中去玩耍。

"**他还活着**！"大块头斯托伊克惊喜万分地喊道。

"你怎么会还活着？"斯托伊克接下来问了个让人哭笑不得的问题。

小嗝嗝用手指向安静地站在斯托伊克身后某处的某个人。

是那个骑白龙的男人，戈伯正坐在他的身后。

"是他救了我。"小嗝嗝说。这时，戈伯也从白龙身上爬下来。他全身完好无损地回来了，只是没有戴头盔的秃头顶有点儿泛红，像个光晕一样在阳光下**闪闪发亮**。

"我可以解释，首领，"戈伯结结巴巴地说，"'骑龙放牧驯鹿课'是完全无害的，完全没有危险的，可是我们被这些东西袭击了……哥力亚没能逃出来。"

"我感到非常遗憾，戈伯。"大块头斯托伊克严肃地说。哥力亚是戈伯最忠诚的坐骑龙，多次陪伴他在战场上出生入死。"我会为这场灾难中的牺牲者报仇雪恨的，我向你保证……"

"是他救了我们。"

与恐怖奶牛
一起玩捉迷藏

戈伯指着那个男人说道。

"那是谁？"斯托伊克问道，"那个人是谁？"

"他可能不是人，"戈伯说，"人可不能在火中行走……他一定是个神。"

"我不是神。"骑白马的男人说。

他的声音听上去很闷。因为他身上那件黑色的袍子将他从头到脚裹得严严实实的，甚至连眼睛和嘴巴也没露出来，所以小嗝嗝很想知道他究竟是怎么透过衣服看到外面的。

"我只是个英雄罢了——我的意思是我是个碰巧路过的普通人而已。"那个男人接着说道，"事实上我有点儿着急赶路。我现在还有件很重要的事情要去做，所以我必须要走了……很高兴遇到你们和经历这些事……以你们的标准来判断的话，我觉得你们是一群不错的小家伙。"

"你是个熔岩佬！" 斯托伊克盯着那个男人咆哮起来。

所有围观的毛霍里根人都被吓得倒抽了一口凉气，马上拔出了剑。熔岩佬族是毛霍里根部落的死敌之一。

"我可不是熔岩佬！"男人生气地反驳道，"熔岩佬那一族人都是穿着裤子的大猩猩！这样说都有点儿侮辱大猩猩了。"

"你就是熔岩佬！"斯托伊克大声喊道，"只有低劣、喜欢背叛、又像鲨鱼一样恶毒的熔岩佬才穿这种袍子！"

毛霍里根人叫嚷着表示同意，他们紧逼向前，一边挥舞着剑，检视着剑刃是否锋利，一边喊叫着"杀了他！杀了他！熔岩佬坏蛋！"

"让我先来干掉他，首领！"啤酒肚懒汉喊道，"我很多年没见过熔岩佬了！"

"这儿轮不到你，啤酒肚懒汉你这个混蛋。"老塔夫那吼道，"你总是那么爱在大庭广众之下出风头！"

"我……不……是……熔岩佬！"那个男人竭力号叫，那已经是穿过面罩所能发出的最大声音。"哦，看在托尔神的分上，你干了件好事，看看把你自己害成什么样儿了！上次是在汤里，现在又来一次，为什么我总是不吸取教训？都怪这防火服……我把它脱掉你们就知道了……"

说完，男人从白马上下来，用双手向上拉起衣服的头罩部分。这衣服的确很紧身，因为当他将它向上拉起要脱掉它时，发出了恶心的像打嗝一样的**"咯吱咯吱"**的声音。

"你们看，"那个男人得意扬扬地说，随着最后一声粗鲁的像打嗝一样的"咯——吱——咯——吱"声，他将面罩从他的脸上脱掉了。"我不是熔岩佬！"

斯托伊克绕着男人缓缓地踱着步。那个男人露出的那张脸显然不是一张熔岩佬的面孔。

这是一个长着金发和大胡子的英俊男人，不，确切地说是个非常英俊的男人，只是稍稍过了盛年。他现在

58

的样子看上去有点儿生气。

斯托伊克把剑放回了剑鞘里。

"他不是熔岩佬。"斯托伊克放心地宣布道。

"可如果你不是熔岩佬，那又是什么人？"

男人的表情看上去显得极为惊讶。

"你是什么意思……我是谁？"男人说，"我当然就是**虎莽豪侠**啦……"

"虎莽豪侠"是近代最伟大的维京英雄之一。他完成了诸如"歼灭开膛猛龙""夺取奇异石"这样伟大的远征。可是在十五年前，他悄无声息地彻底消失了。所有人都认为他已经死了，这是一名伟大的维京英雄所遭遇的最大的职业伤害。

"不！你不会是那个英雄虎莽豪侠！"斯托伊克惊愕得连说话都结结巴巴的。

突然，斯托伊克意识到他正站在当代最伟大的一位英雄面前，而自己身上只穿着一条毛绒裤衩和一只非常旧的蓝色袜子。

他缩了缩肚子，努力做出一副最为庄重和最像首领的样子。

"可我们都以为你已经死了！"

"对，呃，"虎莽豪侠痛苦地皱着眉，"我在熔岩佬族的领土上进行英雄远征的时候被那些'戴头盔的毒蛇'，也就是熔岩佬们当场抓住。他们把我关押在一所锻造监狱里。所以，在过去的十五年里，我一直都在地

59

下室为他们铸剑。这就是我穿戴着他们熔岩佬防火服的原因。这种衣服是用龙的皮肤做的，所以它是完全防火的。"

"那些熔岩佬无恶不作。"大块头斯托伊克摇着头说，"看在托尔神的长毛拇指指甲的分上，你是怎么逃脱的？"

"我没逃，"虎莽豪侠解释道，"没人能从熔岩佬的领土上逃脱。他们已经全部从这座岛上撤离了，因为到时候灭绝龙就要破壳而出了。"

"什么是灭绝……你到底在说什么？"斯托伊克说。"我之前从来没听说过这种东西？"

"灭绝龙就是那些制造了这些麻烦的**罪魁祸首**。"虎莽豪侠解释道，他挥手指向他身后被烧毁的土地和正在熊熊燃烧的大火。"它们已经好几百年没在这一带出现过了，因为只有火山爆发时释放出来的气体和岩浆才能孵化它们的蛋。熔岩蛮岛上的火山现在已经骚动了一阵子，准备要来一场**声势浩大**的爆发了。火山爆发的时候，所有灭绝龙的蛋都会孵化出来。"

"你是说刚才攻击我们的就是灭绝龙？？？"小嗝嗝问。

"对，我说的是六只小的，是灭绝龙宝宝，你知道的，它们非常可爱。"虎莽豪侠兴高采烈地说。

"那在熔岩佬岛上有多少颗灭绝龙的蛋呢？"小嗝嗝问。

学习说龙语
（睡觉时间）

龙：无牙做噩梦了，无牙马上起床。

你：（睡眼蒙眬）可现在是半夜!

暂停

你（警告地）：别烧着床，无牙! 别烧着床!
别烧着——哦，无牙!

龙（高兴地）：小嗝嗝起床了! 小嗝嗝起床
了! 你要跟我一起玩儿吗?

"哦……我得说，不会超过九十万颗。"虎莽豪侠点点头。

"说到这我想起来了，我有点儿急事要离开这里。很抱歉我要离开这里了……你们都是好人……如果我是你们的话，我会选择离开，而且会非常迅速地离开。当它们从蛋壳里钻出来的时候，你们是不会想待在这儿的。"

"你在说什么？"斯托伊克吼道，"离开？**绝不可能离开**！这是我们的家。从第一个蛮族人——大长毛巴顿下了船，跳进深及大腿的泥塘那天起，蛮族群岛就是我们的家园……那次他弄丢了一只靴子……他们再也没能把它找回来……就在那时，他说出了那句不朽的话——"

"只要我的靴子还在那片泥塘里，我们蛮族人就会留在这片群岛上。"小嗝嗝接着把故事讲完，因为他之前听过。"是的，父亲，我知道，可是在大长毛巴顿那个时代并没有九十万只灭绝龙要飞到这片岛上将它变成一片废墟。"

"那也不是很多，"斯托伊克咆哮道，"而且它们不过是龙而已。我们要留下，我们要战斗！我会在'东西'会议*上提出这一点的。会议将在一周后的太阳节那天召开。这样，我们就可以做好准备，团结一心，全副武装地去迎接将要到来的战斗。"

"哦，我真希望你亲爱的母亲现在也跟我们在一起

---

*"东西"会议是指蛮族人的所有本地部落都参加的会议。

62

啊！"斯托伊克叹道。

小嗝嗝的妈妈瓦哈拉腊玛是一位英勇善战的勇士，不过她此刻正在国外远征。

"我那亲爱的、肌肉发达的小甜心只要轻轻一甩辫子，就能把这些灭绝玩意儿碎尸万段。"斯托伊克自豪地说道。

"我们会在海滩上跟它们战斗！"他喊道，"我们会在蕨丛里跟它们战斗！我们会在那些让人很难通过的泥塘里跟它们战斗！我们**永远不会屈服**！"

接着，他迸发出极具煽动性的呼号："统治蛮族群岛！蛮族人统治海洋！"每个毛霍里根人都站得笔直，他们觉得非常骄傲，扯开喉咙齐声高唱，同时行起了毛霍里根的致敬礼。

对一个把大量的时间都花在打斗、盗窃和劫掠上的民族而言，毛霍里根族竟出人意料地擅长音律。当这些外表看上去很凶狠的人张开嘴巴，唱出那些骄傲的歌词时，你一定会感到异常震惊。因为那些歌词是那么纯粹而真实，他们完美地相互应和，跟身后烟雾冲天的残破景象形成了鲜明的对比。

虎莽豪侠站起身来，跟斯托伊克热情地握了握手。"我必须要说，"虎莽豪侠说，"我认为最明智的做法还是尽快离开这儿。不过，我还是很敬佩你们这种勇于牺牲的精神，虽然这种做法既疯狂又毫无意义。祝你们好运！"

我们会在海滩上跟它们战斗！
我们会在藐丛里跟它们战斗！
我们会在那些让人
　很难通过的
泥塘里跟它们战斗！
　我们永远不会屈服！

虎莽豪侠比一只
在刚刚结冻的冰
山上捻弄胡须
的猫更酷。

"难道你不打算留下来跟我们一起战斗吗？"斯托伊克追问道。"像你这样的英雄留下对我们来说更是如虎添翼。"

"呃，现在我觉得自己更像是一个曾经的英雄。"虎莽豪侠重复道，"我现在就是个'雇佣剑客'。不，因为先前那场命中注定的失败，我得到了这个称号。从现在开始，我就只是我，我，我！我要竭尽全力，火速离开这倒霉的蛮族群岛，跑得远远的。不过在这之前，我还有最后一件事要做。你能不能给我指一下贝客岛的方向？"

大块头斯托伊克咧着嘴大笑起来。"亲爱的虎莽豪侠，"他喊道，"这里就是**贝客岛**！"

虎莽豪侠吃惊得连下巴都快掉下来了。

"不！"他说，"那你一定是……你一定是……"

"大块头斯托伊克首领！"大块头斯托伊克说。

"真的？"虎莽豪侠倒抽了一口冷气，他礼貌地克制住自己不去问这个问题：你总是只穿着一条裤衩和一只蓝色袜子在山间这样蹦跶吗？

"这是你的儿子？"虎莽豪侠指着小嗝嗝问。

"小嗝嗝·霍兰德斯·黑线鳕三世！"大块头斯托伊克骄傲地喊道。

虎莽豪侠看上去很难接受这个事实。

"这就是小嗝嗝·霍兰德斯·黑线鳕三世？"虎莽豪侠转向斯托伊克说道，"你瞧，斯托伊克，我改变主意了，我想我还会在这儿多待一会儿。"

"太好了！"斯托伊克大声说，"刚才听你说过你现在的新工作是'雇佣剑客'对吗？"

"没错。"虎莽豪侠说。

"呃，我一直在为我的儿子小嗝嗝，"斯托伊克若有所思地说，"寻找一位保镖师。既然你之前曾是位大英雄，那你也一定会是一位**出色的保镖师**。"

保镖师指的就是维京人首领继承人的保镖。

这份工作跟英雄一样荣耀，因为众人期待着你可不能仅做一名英勇的战士。

你必须是个全能的多面手，长得好看，肌肉发达，竖琴弹得好，善于用斧头，也懂得使长矛。而且，你还必须是个好老师，因为你要在这些技能上给予年轻的继承人以指导。

"你的武器功夫怎么样？"斯托伊克问。

作为回答，虎莽豪侠从腰带中抽出斧头，动作迅速而又优雅，斯托伊克甚至没看到他的手在移动。虎莽豪侠把斧头抛出，斧头在空中穿行时发出"**滋滋滋**"的摩擦声，先是砍断了傻拳诺布雷的一根辫子，接着又像回旋飞镖一样回到了虎莽豪侠的手中。虎莽豪侠将它绕着腰部旋转了两圈之后，又把它在手肘上停放了一下，最后让它在空中转了几圈后插回到腰带里。

毛霍里根人欣喜地发出了阵阵惊叹声。他们最喜欢看的就是武器功夫了。

"哇哦！"斯托伊克也倒抽了口冷气。

这个男人比一只在刚刚结冻的冰山上捻弄胡须的猫更酷。

"哦，这不算什么，"虎莽豪侠叹道，"年轻的时候我闭着眼睛都能做到。"

"**千万别那么做**！"傻拳诺布雷警告似的哀求道。

"我想别的技能你也一样拿手吧？"斯托伊克问道。

作为回答，虎莽豪侠拿出了他的弓箭。

"你看到那个有骷髅刺青的男孩了吗？"

虎莽豪侠指着站在稍远处的鼻涕粗。他一面跟狗不理斯·杜布雷聊天，一面用手抠着鼻子。眨眼间，虎莽豪侠射出了箭，鼻涕粗发出了一声短促的叫声，接连向后退去。

"我的儿子！"啤酒肚懒汉喊道。

虎莽豪侠举起一只巨大而又优雅的手。

"亲爱的先生，没什么大惊小怪的。我想你会发现你的儿子毫发无损。我只不过是把他的鼻屎从鼻孔里清除掉了。"

确实如此，这一切发生得太快了，让鼻涕粗以为自己是被黄蜂蜇了。他跟狗不理斯接着聊天，不过他鼻子里的鼻屎已经没了。

69

英雄剑斗小诀窍

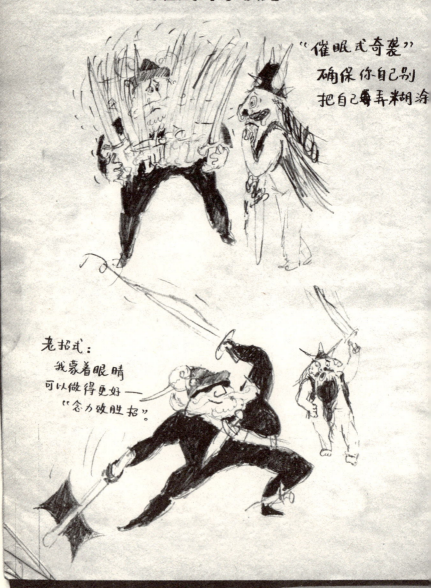

英雄剑斗小诀窍

"炫闪回
旋踢剑刺"

小心你的背。
记住:你已经不
像过去那么
年轻了。

"可是这不可能！"斯托伊克结结巴巴地说。

"这不过是小孩子的把戏，"虎莽豪侠摇了摇头，说道，"这个男孩的鼻孔是我见过的最大的。"

"你滑雪怎么样？骑龙呢？巴须球你会吧？"斯托伊克一连问了好几个问题。

"跟我盛年时完全没法比，"虎莽豪侠难过地说，"可水平依然还是**顶尖的、上等的、一流的**。我们曾经的英雄不走中庸路线。"

"只有我这么觉得吗？"鱼腿斯低声说，"我觉得这个家伙真的很骄傲自大。"

"只有你觉得。"小嗝嗝注视着虎莽豪侠，一副佩服得五体投地的样子。

"你也会弹竖琴吗？"斯托伊克问道，"我只是觉得像你这么优美的身姿，能唱出动听的英雄史诗吗？"

"曾经有一位女士，"虎莽豪侠难过地叹道，"她说愿意为我的歌声而死。我曾经很会唱歌，但是现在不会再唱了。我在锻造监狱工作了十五年，声音已经完全被毁了：金色的粉尘爬进了我的肺里，热气灼伤了我的喉咙。最糟糕的是，我失去了意愿，失去了心情，失去了唱歌的欲望……我再也不会唱歌了。"

"**太遗憾了，**"斯托伊克说，"我真的很喜欢精彩的演唱。不过没关系，从任何其他的角度来看，你都能完美地胜任这份工作。你愿意做我儿子的保镖师吗？我会付给你一份很丰厚的薪水。"

"我很乐意接受这份工作。"虎莽豪侠马上答道，"我目前正在攒钱，以后打算在远离尘世的某个地方买一个小农场。"

"好极了！"斯托伊克微笑道。斯托伊克决定马上召集当地的部落举行会议，这样他才能组建一支强有力的部队来对抗灭绝龙。

"你能教我那招'迂回炫闪剑刺'吗？就是你在火中用那弯弯扭扭的东西使出的那一招。"小嗝嗝抬起头高兴地看着虎莽豪侠问道。

"当然可以！"这位新的保镖师一边回答，一边忙着磨剑。

6. 小嗝嗝的保镖师很忙

接下来的这几周发生的事，让斯托伊克非常后悔雇佣了虎莽豪侠。

包括小嗝嗝在内的所有人都觉得虎莽豪侠棒极了。他在斧头上、长矛上、人们喜爱的龙身上，甚至啤酒肚懒汉那著名的啤酒肚上都签上了自己的大名。

"连他写的字都酷得不得了，"啤酒肚懒汉盯着肚皮上的时髦涂鸦叹道，"我永远不会再洗澡了……"

"你洗过澡吗？"斯托伊克咕哝着。他心想，这个大块头还真把自己当回事儿了。

事情还远不只如此。

提到时尚，大家通常都向斯托伊克看齐。

也就是说，最初，大家的胡须都是大把大把地胡乱交缠着，好比一个刚被鼬鼠攻击过的、结构很复杂的大鸟窝，总感觉吃饭的时候会一不小心吃到它。

后来，大家的胡子还装饰上了密密麻麻的食物残渣。

突然间，等大家再出现的时候，胡须都整理得一尘不染，就跟虎莽豪侠的一样。小胡子的末端还弯成了精巧、漂亮的小卷。斯托伊克强烈怀疑大家的胡须都清洗过了，而且他们还把衬衫的纽扣扣好，把头盔擦得锃亮。

"你们对自己的胡须都做了什么？"斯托伊克质问面露愧色的戈伯。他那乱草堆似的胡子一夜之间已经变成了一大把小卷儿。

戈伯的脸一下子红了。

"呃，这个……"戈伯满不在乎地说，"这不过是当下最流行的，你知道的……显得更有英雄气概……每个人都这么做。"

"哦，你们的样子都很可笑，很滑稽！"斯托伊克怒吼道。

不过到目前为止，他发现与保镖师有关的所有事情当中最难的问题在于：小嗝嗝好像太过于崇拜虎莽豪侠了。现在他开口闭口不是"虎莽豪侠这个"，就是"虎莽豪侠那个"。

确实，小嗝嗝**很是仰慕虎莽豪侠**。

这位英雄比起蛮族里的那些凡夫俗子都要高出一等。他的打斗技能可不只是那种寻常的"对着头猛击"，而是帅气、高贵、优雅的真功夫。

他教小嗝嗝"迂回炫闪剑刺招"，还给他演示在捆绑敌人的时候如何一边打出精致又漂亮的绳结，一边礼貌地询问他们的健康状况。

不过虎莽豪侠也给小嗝嗝带来了一些令人烦恼的小麻烦，这当然不是他的错，不过麻烦已经造成。

小嗝嗝在海盗训练课程上的习惯做法是尽量融入背景环境中，希望没人能注意到他。但是现在他很难做到这一点，因为有一个长得特别帅气，身高六尺七而且举世闻名的英雄会紧跟在他身后两步远的地方拔出剑高声

蛮族人的时尚胡须

戈伯的胡子一夜之间变成了一大把小卷儿

恶毒双生子把
她他们的头盔擦
拭得锃亮。

蛮族人通常总是任由自己的胡子乱糟糟
的，每个人的胡子都是大把地胡乱交缠
着，好比一个刚被鼬鼠攻击过的大鸟
窝一样。

喊道："给首领唯一的儿子小嗝嗝·霍兰德斯·黑线鳕三世让出路来！"

问题远不止如此。

戈伯给男孩们一点儿时间去休息，好让他们从"骑龙放牧驯鹿课"上恢复过来。一天之后，他们就要回到正常的课程中来，然后开始上"斧斗艺术课"。

不知道是什么原因，怪异的天气变得更加炎热了。热到什么程度？就好比站在一个炉火烧得很旺的炉子中间。

男孩们七零八落地站在戈伯面前，他们挠着屁股，全都大汗淋漓。胡戈山高高耸立在他们上头，像是暗示着一种不祥的预兆。山的下半部长满了树木和蕨类植物，上半部则是滚烫的荒漠，光秃秃的，跟戈伯依然没戴头盔而被太阳晒伤了的头顶一样。

当打嗝戈伯问有没有人自愿出来跟鼻涕粗打斗时，男孩们都安静得像块石头似的。鼻涕粗的斧斗功夫相当厉害，而且他还是个可怕的作弊者，会趁戈伯不注意的时候用他那特别尖锐的草鞋踢你的脚踝。

所以，当虎莽豪侠走向前大喊"小嗝嗝·霍兰德斯·黑线鳕三世自愿上场，他是首领大块头斯托伊克唯一的儿子，别人一听到首领的名字就会颤抖"的时候，可以想象小嗝嗝当时有多恐惧。

"**嘘嘘嘘**……"小嗝嗝祈求道，"请……安静点儿吧！"

"好主意！"戈伯高兴地喊道，"那就由小嗝嗝对抗鼻涕粗。"

"哦，看在托尔神的分上。"小嗝嗝难过地抱怨道。

"你为什么要那么做？"鱼腿斯低声问，"你可是他的保镖师，你应该照顾好他，而不是把他放在盘子上献给敌人……"

"你在说什么？"虎莽豪侠吃惊地说，"他是首领的儿子，好斗的热血正在霍兰德斯·黑线鳕的血管内愤怒地奔流着。他只消轻轻地一弹他那尊贵的手指甲就能打败鼻涕粗这个家伙。"

"我不知道你有没有注意到，"鱼腿斯说，"鼻涕粗差不多是他的两倍大，而且还像只满怀妒意的大黄蜂一样恶毒，特别憎恨小嗝嗝。"

"哦，确实如此！" 鼻涕粗咧嘴笑道，把指关节掰得噼啪作响。

鼻涕粗刚好是大块头斯托伊克的兄弟——啤酒肚懒汉的儿子。这意味着如果小嗝嗝出

鼻涕粗特别憎恨小嗝嗝

鼻涕粗，
你的斧头是真的！

了什么事，比如说遭遇了什么悲惨事故的话，下一个继承王位的就是鼻涕粗。

鼻涕粗认为自己会成为毛霍里根部落一名杰出的首领。

"哦，来吧，鼻涕粗这个家伙**太弱不禁风了！**"虎莽豪侠大声说出轻蔑的话。（这可不太像虎莽豪侠的作风，因为他平时总是一副彬彬有礼的样子。）

"无——无——无牙已经这么说了好多年啦！"无牙兴奋地打断道，因为它对精彩的打斗总是特别感兴趣。

"小声点吧，拜托了！"可怜的小嗝嗝央求道，因为鼻涕粗全听到了，他的眼神里露出了比平时更深的恨意。

"你要把这家伙打得趴在地上苦苦求饶，小嗝嗝！"虎莽豪侠喊道。

"那就让我们来看看到底谁才会苦苦求饶吧！"鼻涕粗一边咬牙切齿地怒骂，一边卷起了袖子。

男孩们用木斧头来练习斧斗，为的是尽量避免伤亡。可是虎莽豪侠在帮戈伯分发武器的时候，却给鼻涕粗发了一把真斧头而不是木斧头，这让情况变得更糟了。

打斗到一半的时候，鼻涕粗的斧头撞上了小嗝嗝的盾牌，可它并没有弹开盾牌，而是砍进了木盾牌里，还卡在了里面，这时鼻涕粗和小嗝嗝都意识到了斧头是真的。

鼻涕粗那鲨鱼般的小眼睛里闪过一丝喜悦之情。

"干掉那个长着猪鼻孔、水母心、全身都是肥肉的野蛮小子，小嗝嗝！"虎莽豪侠在一边大喊道。

"把他的眼睛挖出来！撕掉他的翅膀！攻击他的角——角——角！"无牙尖叫道，还到处乱飞，来阻挠打斗。

"鼻涕粗！**你的斧子是真的！**"小嗝嗝喊道。

"那不是我的错，"鼻涕粗怒吼道，"在场的每个人都看到是你的宝贝保镖师给我的，所以没人会怪我……"说着他猛地一拉斧子，把它拽出了小嗝嗝的盾牌。

戈伯什么也没听到，因为他正忙着冲塔夫那·朱尼尔大声嚷嚷。

"看在托尔神的分上，那是一把真斧头，塔夫那，不是一把

小嗝嗝在诱骗
鼻涕粗产生一种
错误的安全感。

来人啊！
救命啊！

木勺，也不是一根编织针……"

"虎莽豪侠！救我！"小嗝嗝喊道。

"你表现得很好！"虎莽豪侠喊道，并优雅地向他竖起了大拇指。

"继续保持良好的状态！我想我刚才看到了鼻涕宝宝眼里的泪水……别忘了'炫闪剑刺'，在斧头功里也可以用这招的。"

"来人啊！救命啊！"小嗝嗝大喊起来。

鱼腿斯扔掉了他的木斧，从他跟克鲁乐斯的打斗中跑开了。"虎莽豪侠，帮帮忙吧！鼻涕粗拿的那把可是真斧头啊！"

"没什么好担心的。"虎莽豪侠冷静地说。此时，鼻涕粗把斧子从小嗝嗝的盾牌中拔了出来，猛地把盾牌从小嗝嗝的手中夺走了，还把闪闪发亮的斧头刃高悬在小嗝嗝的头顶。"小嗝嗝已经完全掌控了局面。他只是在诱骗这个小混蛋产生一种错误的安全感。"

"你是个彻头彻尾的傻瓜吗？"鱼腿斯暴怒地喊道，

82

"小嗝嗝就快要死了……"

鼻涕粗挥动着那把锋利的泛着邪恶光芒的斧子向小嗝嗝砍去。小嗝嗝将自己那把木斧头举过头顶想尽量保护自己，可是铁斧直接砍穿了木斧。木斧裂成了两半，掉落在地上。

铁斧继续往下向小嗝嗝的胸口砍来，小嗝嗝闭上了眼睛，等待着这致命的一击，然而……

然而就在关键时刻，虎莽豪侠以迅雷不及掩耳之势从腰带里拔出自己的斧头，从底部砍断了鼻涕粗的斧子，使斧头刃得以安全地落地。同时，无牙和鱼腿斯也拉着鼻涕粗的裤裆把他向后拽。

撕撕撕撕撕裂裂裂裂了！！！

鼻涕粗的裤子从裤腿到裤裆处都裂开了，鼻涕粗赶忙半裸着从现场逃离。伙伴们在他身后纵声大笑——恐怕维京人的笑点都很低，像脱掉别人裤子这类简单的笑话就真的能逗乐他们。"哈哈哈哈哈……"毛霍里根部落的男孩们都靠在自己的斧头上大笑起来。

"很抱歉，小嗝嗝！"虎莽豪侠把小嗝嗝扶起来。

"谢谢你！"小嗝嗝吸了口气，如释重负地叹道。"你要谢他什么？"鱼腿斯愤怒地喊道，"他是个白痴！一个帅气的白痴，不过还是个白痴！"

"**闭嘴，**鱼腿斯！这是他第二次救了我的命，不是吗？"小嗝嗝说。

虎莽豪侠看上去很不安。

第二天，小嗝嗝和鱼腿斯一起去上"恐吓抢钱课"。虎莽豪侠独自到山势较高的地方散步。

"我收拾好行李了，"鱼腿斯劝道，"我认为我们是时候离开了。你听到虎莽豪侠说的话了，火山随时都可能爆发！"

"我们不能把整个部落都留在这儿等着被毁灭，"小嗝嗝焦虑地回应说，"我们应该想办法劝他们一起走……"

鱼腿斯回答说他们根本不可能说服整个毛霍里根部落的人这么做，因为他们长期的习惯性的愚蠢让他们没法理解当下这种情况的危险性。

突然，一块大石头诡异地从上头黑压压的山腰处滑落了。

石头冲着小嗝嗝砸下来，有可能会把他压得粉碎。小嗝嗝的命很可能就这么没了，多亏虎莽豪侠在最后一分钟大声喊道：

"下面小心！"

小嗝嗝和鱼腿斯分别向左右两侧猛地跳开，岩石砸下来落在了他们俩中间。

"哦，托尔神保佑……哦，托尔神保佑……哦，托尔神保佑……"鱼腿斯倒吸了一口冷气，四肢摊开，躺倒在地上，向上看着被这块差点儿把他俩置于死地的巨石搅起的滚滚沙尘。"这是个信号，难道你没看到吗，这是奥丁神发出的信号，告诉我们应该离开这里……我打算再去检查一下我的行李……"

"对不起，小伙子们！"虎莽豪侠急匆匆地从山上赶下来说，"我的脚打滑了，所以不得已踢掉了一块小石头。你俩都没事吧？"

"呃，我们都还是三维立体的，谢谢你的关心！"

鱼腿斯讽刺地回答道，"哦，我多希望也能有个属于自己的又善良又聪明的保镖师啊，冲我丢石头，让我手无寸铁地去跟一个十几岁的神经病一对一地打斗。"

鱼腿斯关于"信号"的看法似乎有可能是对的，毕竟这些接二连三的倒霉事看上去预示着一种不祥之兆。

就在石头坠落事件发生的第二天，小嗝嗝和他的父亲一起坐下来吃牡蛎晚餐。保镖师虎莽豪

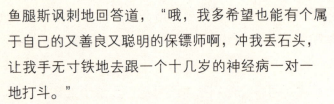

陌的人小心！

　　侠笔直地站在小嗝嗝的椅子后边。无牙则安静地待在同一张椅子下，大口地嚼着一只它从食物储藏室里偷来的完整的鸡。

　　小嗝嗝还没开动，斯托伊克就把自己的那份牡蛎吃完了，他盯着儿子的牡蛎，嘴巴直流口水。这时，他的手伸向了一只特别肥大的……

虎莽豪侠喊道："**别吃那只牡蛎！**"

斯托伊克露出了首领严肃的反对表情看着虎莽豪侠。这个家伙这次可太过分了！他已经让整个毛霍里根部落都打扮得像娘儿们一样了，现在又想告诉斯托伊克该吃什么。

"我就是要吃我喜欢的牡蛎！"大块头斯托伊克咆哮着把牡蛎往嘴里送。虎莽豪侠赶紧伸出手去抓牡蛎。

大块头斯托伊克愤怒地拉着不放。这是一场毫无尊严可言的混战，虎莽豪侠不得不自个儿吞下牡蛎来阻止斯托伊克吃掉它。

"好，结束了！"大块头斯托伊克大声吼道。事实上，他感觉如释重负，因为他突然想到一个借口来解雇这个完美得让人嫉妒的虎莽豪侠。"你被解雇了！"虎莽豪侠把牡蛎咽下去了。"糟糕的牡蛎……非常糟糕的牡蛎……"他被哽住了。"我看着它就知道会是这样……"

"哇哦，"小嗝嗝叹道，"他刚刚救了您一命，父亲！他吃掉了本来会被

您吃掉的坏牡蛎，真是个大英雄！"

"哦，对，非常好……"斯托伊克粗声粗气地说。他想，虎莽豪侠只看了一眼就知道那个牡蛎是坏的，这个疯狂的超人到底是谁啊？

"所以他没被解雇，对吧，父亲？"小嗝嗝着急地问。

"是的，我想没有。"斯托伊克心想，这次真够倒霉。

"实际上，也许您应该给他颁一枚奖牌或者别的什么。你觉得还好吗，虎莽豪侠？你的脸色看上去绿得有点儿可怕。"

"我想也许，我应该稍微躺……一会儿，你懂的。"虎莽豪侠说着，靠在小嗝嗝的肩头，跟跟跄跄地走出了房间。小嗝嗝则喋喋不休地说："你真是太勇敢了，虎莽豪侠，你为什么会说它很糟糕呢，它的味道像蘑菇还是别的什么东西？我真心希望你会没事……"

斯托伊克的心情很差，他气呼呼把牡蛎推到了一边。他的胃口都被败坏了。

接下来的两天，虎莽豪侠彻底病了。

就斯托伊克所知，这没什么大碍。

这段时间里，其他部落的人都陆续到这里来参加这个被维京人称为"东西"的会议。举行这个会议本来是为了庆祝盛夏的节日——星期日太阳节的。

沼泽盗客族、呆头族、和平国族、冷酷族、巴须蛮族、静谧岛族、忧郁族、恐怖贩子族还有泡沫拳手族都到了。

实际上，除了流放浪人族、野孩子族、熔岩蛮族这些会导致行动失败的族群之外，所有人都到了。

毛霍里根人很快就挤满了维京船，而小小的贝客岛则被五彩斑斓的帐篷占据了。市场里的生意人在闷热得像烤炉的商船上开起了商店——里面应有尽有，为那无所不有的维京宝宝提供从章鱼棒棒糖到狩猎军号、从露趾草鞋到龙皮短靴等各式商品。

在星期日太阳节前一晚，小嗝嗝睁着眼睛躺在床上，在令人窒息的闷热中似乎过了好多年。就在此时，巴须蛮子们和沼泽盗客们聚会的声音穿过窗口飘了进来，随之而来的还有群龙打斗发出的撕扯声和尖叫声。

在小嗝嗝脚下躺着的无牙也醒着。它用爪子塞着耳朵，边扭动身体边抱怨着，闷闷的声音不时从床单下面飘出来："真是是是是是是是是是太荒——荒——荒谬了，太荒——荒——荒谬了……野——野——野蛮的人……人——人——人类……太——太——太吵了……太——太——太自私了……"

不过过了一会儿，床单下又安静了。无牙存在的唯一迹象是小嗝嗝腿上那一个暖暖的上下轻轻起伏的小突

起，还有那睡意正酣又奇怪的轻声梦呓"真是是是太荒——荒——荒谬了"，伴着含有微微怒意的小烟圈从床单下冒了出来。

小嗝嗝看着那些烟圈，有些升上了天花板，有些缓缓地飘出窗户，飘进了满天繁星的闷热的夜空，最终他也进入了梦乡。

他梦见了火，梦见了不详的预兆，还梦见长着剑爪的龙在这热得让人昏昏沉沉的夜里追逐着他。

午夜时分，小嗝嗝醒了，发出一声轻轻的尖叫。

站在床边的是虎莽豪侠的可怕身影，他像个行刑者一样站在小嗝嗝身旁，手中举着两把剑，准备要向黑暗中的小嗝嗝的脑袋砍下来。

他大声地喃喃自语，声音听起来十分吓人。"**我该这么做吗？**还是我不该？我该这么做吗？还是我不该？"

"你在干什么？"小嗝嗝害怕地问道，"保镖师……**住手！**你在干什么？虎莽豪侠！虎莽豪侠！"

虎莽豪侠好像没有听到他的话，依然一遍又一遍地用那个可怕的声音，自言自语地说着与他不得不遵守的某个承诺有关的事情。

他还穿着那件带有头罩
的防火服，所以看不到他的脸
和眼睛，这让他看上去更可怕。
月光洒落在他的剑锋上，露出闪闪
寒光。

这是个让人恐惧的时刻。

虎莽豪侠的手正在颤抖。

他那握着剑的双手垂了下来。

他放开了剑。

"我不该……"虎莽豪侠下定决心说
道。

这时，有个东西突然从床单下冲了出来，用锐利却
又困乏的小牙床**狠狠地咬住了**虎莽豪侠的大腿。

虎莽豪侠发出了痛苦的叫声，握在手中的一把剑不
由得掉落在地上。

"真是是是太荒——荒——荒谬了！"无牙愤怒地
哼道，迷迷糊糊地在房间里飞了一会儿。"难道一只
龙——龙——龙就不能在这里好好睡一会儿吗？你们人
类太吵——吵——吵了！害得可怜的无——无——无牙
整晚都没睡着……"

随后，无牙爬回到床单下又**进入了梦乡**。

小嗝嗝从床上一跃而起，像之前那样从剑鞘中拔出
了剑。

虎莽豪侠的手扶着大腿在屋子里跳来跳去。

"哎哟，哎哟，哎哟，哎哟，哎哟，哎哟，哎哟……"
虎莽豪侠痛苦地喊道。

可怕的时刻已经过去了。

虎莽豪侠身上的杀气已经消失了。

他拉开防火服上的头罩，现在小嗝嗝能借着月光看清他了，他的样子也没之前那么吓人了。

因为生病，他的脸色依然很绿，而且看上去非常疲倦。

"我不能这么做！"虎莽豪侠说道，"我曾许下一个庄重的英雄的承诺，说我会杀了你，可我不能这么做。这样做好像不对……"

"所以你的意思是，"小嗝嗝吃惊地说，"你是我的保镖师，可你本来打算要杀掉我？"

"对，"虎莽豪侠说，"因为我曾许下一个承诺。"

小嗝嗝发出了有点儿歇斯底里的笑声。

这件事好像是斯托伊克恰好雇了一个保护他儿子的保镖师，可事实上这个人却想杀害他的儿子。

"可你是向谁承诺要杀了我呢？"

虎莽豪侠叹了口气，说："看来我应该告诉你我的故事。"

在午夜时分那令人窒息的静谧黑暗中（就连沼泽盗客和巴须蛮子这时也都入睡了），保镖师虎莽豪侠开始讲述他的故事。

7. 保镖师虎莽豪侠的故事

"很久很久以前，久远得好像是上一辈子似的，"虎莽豪侠说，"那时我很快乐，正跟一位年轻漂亮的姑娘陷入爱河。"

"哦。"小嗝嗝淡淡地说。他对爱情故事提不起什么兴趣。

"哦，但是她很漂亮！"保镖师说，"她的小腿又胖又白，相当可爱！她的大腿**强壮又有力**！她的胡须又软又细！她握剑的手臂实在是太美妙了！"

"是的，是的，"小嗝嗝连忙说道，"继续说下去吧！"

"她也爱我（或者说我认为她也爱我），可她的父亲有某种荒唐的想法，觉得她应该嫁给一个聪明人。我不知道那有什么关系，所以他给我布置了一个不可能完成的任务，如果我能完成，得到的奖赏就是将她嫁给我。

"他给我布置的不可能完成的任务，"虎莽豪侠说，"就是从熔岩蛮岛上把火石偷出来。之所以说这是不可能完成的任务，是因为熔岩佬找火石已经找了好多好多年了。

"在我离开前往执行这个不可能的任务之前，我和我的爱人秘密相见了。我那长着双下巴的小甜心有一块独一无二的红宝石，形状像心一样。她总是把它戴在脖子上。她把那块红宝石割成了两半，一半给了我，另一半她自己留着。

　　"如果你必须要去的话，那就继续进行这次远征吧！"我的爱人轻声说道，"可是对此，我有一种极其不祥的预感。如果你不巧被那些'穿着睡衣的猪'——熔岩佬抓住了，就把这块宝石放在你的狩猎龙艾思伦的嘴里，让它带回来给我，我会去救你的！

　　"你瞧，我的爱人本身也很擅长远征。

　　"我向她做了保证，然后骑着我的白龙前去执行那个不可能的任务。可是我的运气糟透了。正如我的爱人先前所担心的那样，我被熔岩佬抓住了。我和我的白龙被铁链锁起来，关进了熔岩蛮岛的一座监狱中。

　　"更糟糕的是，我那忠诚的狩猎龙艾思伦在远征中被杀害了，所以我没有办法将那半颗心形红宝石捎给她，然后告诉她我需要搭救。

　　"在熔岩蛮岛的矿里做了几个月的苦力以后，**我彻底绝望了**。之后，我跟一个监狱守卫成了好朋友。他的名字叫'大好人艾尔'。他是一个特别好的人，小嗝嗝。他总是笑眯眯的，非常富有同情心。我跟他讲述了我的故事，请他为我把心形

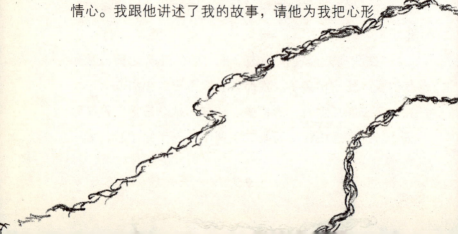

红宝石带给我心爱的女人。我解释给他听，我需要她前
来把我从监狱里救出去，她那可爱的小胖腿跑得越快越
好。"

　　这时，虎莽豪侠的声音变得低沉而又伤感。他的病
容在月光下泛着绿意。

　　"大好人艾尔说如果我发誓在将来某个时刻帮他一
个忙的话，他会为我做这件事的。他把心形红宝石拿走
了，而我则在矿里的热浪中满怀希望地等待着。午夜里，
我透过铁窗向外张望，盼着她早日到来。日复一日，月
复一月，年复一年，**希望变成了绝望**，她从未出现过。
我等了整整十五年，小嗝嗝。十五年啊！几个月前，当
大好人艾尔作为一个监狱守卫再次出现在熔岩蛮岛上
时，想象一下我当时有多吃惊吧。有一天晚上，他找到我，
告诉我我的心形红宝石出了什么事。"

　　　　　　　　　　虎莽豪侠的声音是那
　　　　　　　　　　么轻，轻得小嗝嗝都快听
　　　　　　　　　　不到了。

　　　　　　　　　　　"大好人艾尔
　　　　　　　　　　告诉我，他把红宝
　　　　　　　　　　石拿给了我的爱

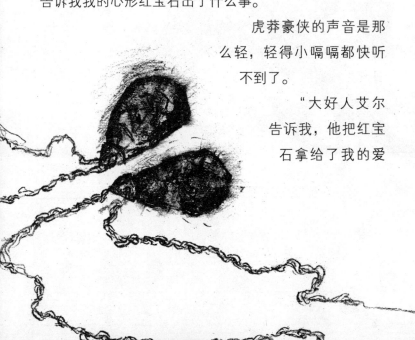

人，告诉她我被抓了，需要她前去救援。令他吃惊的是，我最亲爱的爱人，那个曾经最庄严地发誓说要永远爱我的人，接过那半颗心形红宝石把它扔出了窗口，抛入了大海。她这么做的时候，还说了这些绝情的话：

"'瞧，'她说，'当我听到虎莽豪侠没有完成不可能的任务时，我已经把另一半宝石扔出去了。我已经找到了新的爱人，他已经为我取来了火石，我将会嫁给他。'"

"不，"小嗝嗝喊道，**"她也太坏了！"**

虎莽豪侠难过地点点头。"对，我从没忘记过大好人艾尔那天反复提及的话。只要我还活着，我就一直会记得。从那一刻起，小嗝嗝，我发誓要和我的爱人彻底决裂。"

"这不怪你！"小嗝嗝说。

之后，有一个相当可怕的念头从小嗝嗝的脑海中冒出来。这个念头让小嗝嗝的心沉到了肚子里，就好比那半颗心形红宝石沉到了大海底。

突然间，他有一种可怕的感觉——他觉得他知道这个故事接下来是怎么发展的了。一个令人恐惧的、蜿蜒曲折的转角出现了，这是保镖师的故事的转折点。

"嗯，"小嗝嗝紧张地问，他真的真的不确定自己是否想知道这个问题的答案，"你心爱的女人叫什么名字，确切的名字？"

"是我曾经心爱的女人，"虎莽豪侠纠正道，"我那背叛的爱人的名字是……瓦哈拉腊玛。"

　　瓦哈拉腊玛正是小嗝嗝的母亲。

8. 保镖师的故事的转折点

"不，"小嗝嗝低声说道，"这不是真的……"

"这是真的，"虎莽豪侠叹道，"恐怕这是真的，而且故事变得更加糟糕了。"

"怎么会变得更糟糕了呢？"小嗝嗝嘴唇发白地问。

"你的父亲确实想方设法地把火石偷走了。他发现它就在火山里面，所以熔岩佬之前虽然在岛上挖遍了洞也一直没能找到它。不过大好人艾尔告诉我，火石会释放出一些化学物质让火山出于休眠状态。没有了这些化学物质，火山在过去的十五年里变得越来越活跃，直到最终，也就是现在，它即将要爆发了。"

小嗝嗝坐在那里陷入了沉思。

他们谈话的时候，窗边的黑暗天色已经渐渐发灰，接着又变成了蓝绿色。太阳很快升起来了，炎热的一天又到来了。

"你所说的这个大好人艾尔，"小嗝嗝问道，"现在在干什么？"

"既然你提到了这点，呃，他已经变得有点儿疯疯癫癫的了，"虎莽豪侠说，"不过之后这个可怜的家伙度过了一段非常艰难的时期。"

虎莽豪侠又继续讲起他的故事来。

"就在大好人艾尔回来担任监狱守卫之后不久，随着火山的轰鸣声变得越来越响，灭绝龙开始孵化了。熔岩佬们都弃岛而去，留下我们这群囚徒自生自灭，所以我们也忙着各自逃命了，只有大好人艾尔还在那儿。他的脑海中有个疯狂的想法：他打算训练这些动物。他在岛上到处修建了这些巨大的雕像，他似乎觉得灭绝龙孵化出来的时候看到这些雕像就会把他当成首领，遵照他的命令做任何事情。"

"那他打算训练这些灭绝龙来干什么呢？"小嗝嗝不解地问。

"他说是好事。"虎莽豪侠钦佩地摇摇头，回答说，"他觉得他会阻止灭绝龙杀害视线中的任何东西。哦，大好人艾尔是个多么多么可爱的家伙，即使他像个笨蛋一样疯狂。呃，我试着劝说他跟我一起离开，但是他不愿意。就在那时，他让我帮他兑现这个我多年前许下的要帮他的诺言。"

"是什么诺言呢？"小嗝嗝问。

"杀了你！"虎莽豪侠回答说。"他说你是黑暗王子，是恶魔孩子。你长大了会给蛮族群岛带来未知的厄运。他说是你拿他来喂奇猛勒杀龙，害得他的头发都掉了；也是你把他从热气球里丢出来，扔进满是饥饿的鲨鱼蠕虫的海里……"

"那都是他的错！"小嗝嗝反驳道，他开始从已知的事实中进行推理。

"可就我在过去几周对你的了解来看，我渐渐地开

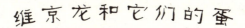

维京龙和它们的蛋

灭绝龙

　　天绝龙属于特别危险的"恶棍龙"种群。一群天绝龙向一片区域喷火就能让它即刻变为废墟。它们有着像剑一样锋利的爪子和两颗巨大的心脏。它们进行杀戮只是为了寻求杀戮的快感。

统计资料

颜色: 皮肤有点儿透明，所以你能看到它们的内脏。

攻击装备: ★★★★☆

捕猎能力: ★★★★★

速度: ★★★☆☆

恐怖指数和战斗力: ★★★★★

始觉得他可能误会你了。"虎莽豪侠说，"我试着想杀了你，但是又接连在最后的时刻救了你。起初，我觉得一定是我的英雄冲动在碍事，但是后来我明白了——我喜欢你，小嗝嗝！"

"谢谢你！" 小嗝嗝说。

"之前发生的事并没有让我生你的气。我甚至也不气她……呃，也许只是有点儿……"虎莽豪侠承认说，"而且她为什么嫁给了斯托伊克那个大老粗，我永远也搞不明白……"

"你所说的是我的父亲！"小嗝嗝警告他说，"一旦你了解他，就会发现他身上有许多优点。"

"呃，我讨厌让大好人艾尔失望，"虎莽豪侠说道，"可我觉得你是个讨人喜欢的人，我想是艾尔和你相处的方式有点儿问题。"

"你那位大好人艾尔看起来是什么模样？"小嗝嗝问道，不过他对答案已经基本明了了。

"十五年前，我初次遇见他时，他英俊极了，"虎莽豪侠答道，"高大、忧郁，哪怕在监狱里也小心翼翼地呵护着自己的胡子。那时他的四肢是健全的，这确实很有用。现在……他没那么好看了，头是秃的，胖了一点儿，一只手换成了钩子，一只腿换成了假肢，一只眼睛被眼罩取代了——"

"奸诈的艾尔文竟然像我一样还活着！"小嗝嗝打断道，"你居然把你的心形红宝石给了奸诈的艾尔文！！！"

奸诈的艾尔文是小嗝嗝的宿敌，也是蛮族群岛上最为恶毒和危险的人。小嗝嗝原以为他掉进满是鲨鱼蠕虫的海里时已经死掉了，可是艾尔文就是一个命硬难死的人。

这意味着瓦哈拉腊玛并不是虎莽豪侠所想的背叛者。艾尔文从未把那半颗心形红宝石送达过。他应该是自己私藏起来，然后编造了那些恶毒的谎言，告诉虎莽豪侠她把宝石扔进了大海。

"什么的艾尔文？"虎莽豪侠茫然地问道，"我不知道你在说什么？"

"奸诈的艾尔文是蛮族群岛上最邪恶的男人！"小嗝嗝说。

"听着，这样不公平。艾尔误解你了，小嗝嗝，可是你应该承认，在他遭遇了鲨鱼蠕虫等事故后，谁又能怪他会变成这样呢？"虎莽豪侠说道，"我只是知道如果你们两个人能聚在一起，一定可以和谐相处。"

小嗝嗝坐在那里，思考着自己下一步该做什么。

"现在我明白老威利为什么要坐在那个洞底了。"小嗝嗝说。

"老威利是谁？"虎莽豪侠问。

"老威利是瓦哈拉腊玛的父亲，"小嗝嗝说，"也就是我的外公。他应该就是派你去执行寻找火石这个不可能任务的那个人。"

"哼，"虎莽豪侠苦涩地说，"整摊乱子就是由他引起的！"

"呃，他明显也是这么觉得的。"小嗝嗝说，"大约在一个月以前，他开始说厄运将会降临在我们身上，而且这都是他的错，因为他扰乱了命运。他说他将会发誓保持沉默，然后坐在洞里直到整件事情结束。无论结果好坏，他都不会再去干扰命运的安排了。"

"那时我们没人太在意，"小嗝嗝说，"因为老威利有点儿古怪，不过突然间这一切都清楚了。我打算去征求他的意见。这也许有点儿难，因为他已经发誓保持沉默了，不过我会试试的。"小嗝嗝叫醒无牙，把这只睡眼蒙眬的小龙放到他的肩头上，然后转向虎莽豪侠说道："你来吗？你还是我的保镖师。"

虎莽豪侠脸红着脸说："你确定还想让我做你的保镖师吗？"

"当然啦，"小嗝嗝说，"我认为你是个很出色的保镖师，甚至连你想要杀我时，都成功地控制住了自己，还救了我的命。想握一下手吗？"

虎莽豪侠的脸没那么红了。他露出了会心的微笑。

他俩握起了手。

9. 如何从一个发誓保持沉默的人那里获取建议

老威利所待的洞是一口大约六英尺宽而且相当深邃的干涸老井。小嗝嗝每天都去看望他，给他送吃的。

小嗝嗝小心翼翼地爬下梯子。能摆脱那湿答答的、黏糊糊的热浪真是一种莫大的解脱，他越往井下爬就感觉越凉快。他的外公老威利已经醒了，正坐在一张小凳子上吸着烟斗。

"我必须要说，"小嗝嗝坐在他外公的身边说道，"在这种天气下你真的已经很幸运了。大多数夏天的这个时候，这口井里的水和烂泥都会没过脚踝。"他尴尬地清了清嗓子，"我刚刚知道了关于虎莽豪侠……和火石……还有火山……以及十五年前发生的所有事情。"

他的外公把脸移开，不正面对着小嗝嗝。

"那么，为什么奸诈的艾尔文想要杀了我呢？"小嗝嗝大声问道，"他固执地坐在熔岩蛮岛上，等待着火山爆发。他一定认为我会做些什么事情来破坏他的计划……可我能做什么呢？我阻止不了一座火山的爆发！"

老威利将烟斗从嘴上拿下来，捡起一本书快速地翻阅着。翻到其中的一页时，他停了下来，用骨瘦如柴的

手指指着它。

熔岩蛮岛之谜，小嗝嗝不由得读出声来。

一声清晰的军号声从敞开的窗户飞了进来，这是在号召所有的维京人来参加"东西"会议。只有手持火石的人能在这个会议上发言……就是大块头斯托伊克从火山上偷来的那块火石。他把它偷回来是为了能娶到美丽绝伦的瓦哈拉腊玛——这是十五年前的事了。

"火石！"小嗝嗝喊道，"也许我们把火石放回火山的话，就能阻止它爆发！"

"别担心，外公，"小嗝嗝说，"我会让这一切都安然无恙的。"

小嗝嗝顺着梯子爬上去，又回到了现实世界中。

10. "东西" 会议

"东西" 会议对于维京部落而言是一次真正意义上的进步。

会议在胡戈山斜坡上的一个圆形大坑中举行。大坑内侧的小斜坡都被修整成了台阶,这样就建成了一个巨大的竞技场。阶梯上生长着石楠花,平时坐上去又舒服又有弹性。可不幸的是,由于发生了组织者无法控制的情况,这些石楠花最近已经被烧成了炭灰。

进入竞技场之前,为了防止讨论过于激烈而升级为打斗,所有人都必须把武器放在一起,结果这些武器多得堆成了一座大山。

那个人就是恶毒的麦格茨,他正跟呆头魔格东热烈地讨论着。一起参与讨论的还有魔格东的儿子暴格力、歇斯底里族的首领诺伯特·狂人乔。麦格茨正在紧张地捻着胡须,因为他必须得把斧子放在外面,所以他的手显得有些无所适从。

冷酷葛莱比也在那儿,他想躲开大胸脯贝莎,因为几个月前他偷了她的一些驯鹿。大胸脯贝莎那猛如巨锤的拳头和令人窒息的胸脯让整个蛮族群岛都胆战不已。

大笨呆力多和巨人麦格勒斯两人正挥拳大打出手,因为麦格勒斯嘲笑他那双亮黄色的长筒袜。

卡米卡琪也在那儿。这个小个子、卷头发的女孩是大胸脯贝莎的女儿。为了报复先前诬告她偷驯鹿的葛莱比，卡米卡琪正偷偷地把一大堆痒痒虫倒进葛莱比背面的裤子里，而他甚至一点儿都没察觉到。

火石

周围和上面都是维京人的龙，它们相互撕咬着，尖叫着，来回跑动着，载着人们到坑外去。当龙与龙之间展开争斗时，不得不被它们的主人拉开。

在这群高声争论和叫喊的壮汉的最前排坐着的，是大块头斯托伊克。他的胸膛因为自己重要的身份而挺起，因为骄傲和尊严而膨胀。

他面前有一个小小的底座，底座上放着的是火石。

而他，大块头斯托伊克用他自己那双胖手偷来了这块火石，这也让他成为这次盛会的大人物。

没有火石的话，"东西"会议是没法召开的。

你必须手举火石才能开口说话，这样大家就会马上停止交谈。

图书管理员毛毛怪吹响了号角。他用自己那双苍老的双手捧着金色的火石。"请大家各就各位！"他气喘吁吁地说。

各个部落最优秀的士兵大步向前走，绷起了他们的肌肉。

圆形竞技场里人声鼎沸，观众都坐在被烧得乌黑的座位上围成一圈，高声叫喊着为自己的部落鼓劲叫好："上，呆头族，上！" **"杀了那些巴须娈子们，杀了他们！"** "访抱族，访抱族，访抱族！"

图书管理员毛毛怪再次吹响了号角，并把火石抛入空中。

霎时间，现场像是炸开了锅。赛场上的士兵们互相凶狠、猛烈地推攘，撞击，都希望自己能突围而出用身体接住宝石；座位上的支持者们声嘶力竭地高喊，巴不得连自己也要如洪水般涌入赛场亲自参与。

忧郁族的短腿斯几乎毫无悬念地首先夺取了火石。

之后，短腿斯和火石都消失在蜂拥而上的士兵们强壮的胳膊和大腿以及刺有文身的拳头的扭打之中。

大块头斯托伊克在火石底座旁轻松地来回踱着步，他对自己的士兵会最终夺取火石非常有信心。

没错，过了十几分钟，打嗝戈伯的手从骚乱不安的人群中伸了出来，将火石向恶毒双生子中的哥哥扔去，接着又来了个长传把火石抛给了大块头斯托伊克……

斯托伊克避开了呆头魔格东，还有将肚子压过来的恶毒麦格茨，用一只胖手抓住了火石，然后将它向下安放在底座上。

"触地得分！！！"毛霍里根人兴高采烈地喊道，"大家安静！斯托——伊克！斯托——伊克！斯托——伊克！"

此时，按照"东西"会议的规则，所有的人在听斯托伊克发言时必须一动不动而且保持安静。这样，还在激烈扭打的人群必须保持他们此刻的动作，所以斯托伊克发表演说时，他们的腿脚和手臂正尴尬地交缠在一起。

大块头斯托伊克手中举着火石，清了清嗓子后开始庄重地发言。

"朋友们、敌人们、蛮族的同胞们！"大块头斯托伊克大声喊道，"今天我们所有人都面临一个共同的敌人，一个在我们的土地上数千年都没有见到过的敌人。那些灭绝玩意儿即将到来，而且数量还不少。我们应该像熔岩佬那帮怯懦的兔崽子一样逃跑吗？"

"不——！"维京人吼道，他们在烧成灰烬的石楠花丛上拼命地跺脚。（如果演讲的人提问，你是可以回答的。）

"你们能再喊一遍吗？"忧郁族的短腿斯问道，他在扭打着的人群的最下面，因为葛莱比的手伸进了他的耳洞里，所以他什么也听不到。

"我说我们应该战斗！"大块头斯托伊克尖叫道，"你们支持我吗？"

"支——持——！"大家都高兴地回答。

"我们是那种会被小火山爆发这种小得可怜的事情吓倒的人吗？"大块头斯托伊克把嗓门拉扯到最大。

"不——！"维京人回应着喊道。

"我们当然不会是藤壶！"大块头斯托伊克喊道，"因

115

为我们是蛮族人，蛮族人的特点就是，**永不屈服！** 大家能为我们蛮族人高歌一曲吗，同胞们？"

所有的维京人都跳了起来，唱出了他们的心声。斯托伊克担任合唱的指挥，他用一只胖手托起了像巴须球一样的火石，高声喊道："统治天下的蛮族人，蛮族人统治大海……维京人永远永远不会屈身为奴……"

第二声号角一响起，小嗝嗝和虎莽豪侠就来到了"东西"会议的会场。虎莽豪侠吃惊地微张着嘴观察着整个过程。

眼前这幅民主的景象是他连做梦也没有想到的。

"好了，"小嗝嗝低声说，"我爸爸的发言快结束了，我想让你到底座旁边去来回走动走动，虎莽豪侠，准备好把火石放到底座上……"

"用我的右手。"虎莽豪侠说着，优雅地鼓起他那巨大的手臂肌肉。这是他的拿手好戏。小嗝嗝悄悄地靠近正在为沼泽盗客族欢呼的卡米卡琪。

卡米卡琪是他的朋友，不过她是另一个部落的人。

"卡米卡琪，你能帮我个忙吗？下次他们吹响号角的时候，你能钻进扭打的人群里帮我把火石拿出来吗？"小嗝嗝问。

"可你是另一队的！"卡米卡琪吃惊地大叫。

"哦，我不是毛霍里根那一队的，"小嗝嗝解释说，"我成立了自己的队伍。"

"哦，那好吧，"卡米卡琪兴奋地说，"谢谢你挑选了我！"她正有点儿苦闷，因为她的母亲大胸脯贝莎总是说她年纪太小不能参加"东西"大会的比赛。

"想让你在火石上刻点儿东西，然后把它扔给那边那个英俊的大个子。"小嗝嗝指着虎莽豪侠说道，"你能去做吗？"

卡米卡琪做好了盗窃的准备

"我当然能做啦，"卡米卡琪不屑地哼道，"我们沼泽盗客能偷走任何东西。你应该试着去把恶毒麦格茨的内裤脱下来偷走，相比较这件事简直易如反掌。好好学着点儿，小嗝嗝小朋友，好好学着点儿……"

于是，卡米卡琪高兴地溜向扭打着的人群。

图书管理员毛毛怪吹响了号角，这是斯托伊克的一分钟发言结束的信号。

当斯托伊克把火石抛入空中时，人群中发出一阵巨

大的聒噪声。密密麻麻的手从扭打着的人群中向上伸出来争抢火石，火石一下子又消失了。

斯托伊克依然自信满满地等待着打嗝戈伯从人群中把火石抢到手，然后递给他，这样他就能再次发表演说了。打嗝戈伯是蛮族群岛上最为出色的巴须球选手，所以斯托伊克和毛霍里根部落总是能赢得"东西"大会上的比赛。

但是，令斯托伊克大为惊愕的是，当金色的火石最终从扭打在一起的、相互交缠的肢体中出现时，居然是在一个长着一头浓密的金色长发的小孩子手中。她扭动着身体穿过强壮的访抱

族人的腿，巧妙地避开了一个正在缓慢靠近她的大块头巴须蛮子，然后以一个精妙绝伦的长传把它给了虎莽豪侠。

　　虎莽豪侠，看在奥丁神的胳肢窝的分上，他在赛场上干什么？而且居然还一如既往地表现出了非凡的英雄气概和完美气质。

　　斯托伊克冲着虎莽豪侠大声吼叫，试图把火石拦截下来。

　　恐怕虎莽豪侠也免不了要小小炫耀一番。只见他横跨一步，闪过斯托伊克，一把抓住了火石。当斯托伊克

笨拙地过来争抢时，虎莽豪侠就像玩杂耍一样将火石在两手间抛来抛去，然后带着嘲弄的意味当着斯托伊克的面把它放在一根手指尖上旋转，最后优雅地将它按在底座上。

谁会去责怪虎莽豪侠这温和的嘲弄行为呢？

"触地得分！！！"众人大声喊道，"真棒的耍石技巧！"

"**不公平！**这个家伙代表哪个队！？"大块头斯托伊克吼道。

虎莽豪侠把火石递给了小嗝嗝。

小嗝嗝尴尬地清了清嗓子，朝宝石底座走去。

接下来要做的事将会变得非常困难。

"呃，很抱歉，父亲，他代表我的队。现在听我说，因为火石在我手里！"小嗝嗝放声喊道，"灭绝龙带来的灾祸实在是太大了，我们是抵挡不了的。我要向你们隆重地介绍我们的英雄虎莽豪侠。"

围观的维京人都惊讶地倒抽了一口凉气，纷纷发出

了"哇哦"的惊叹声！大英雄虎莽豪侠！过去十五年他去了什么地方？

英雄虎莽豪侠——就是去征服开膛猛龙的那个家伙？噢，看看他的胡子，我想知道我的胡子能不能像他的一样……"

小嗝嗝举起手示意大家保持安静。"虎莽豪侠已经去过了熔岩蛮岛，他告诉我那里有成千上万个灭绝龙蛋，对吧，虎莽豪侠？"

小嗝嗝顺手把火石还给虎莽豪侠。

"是的，伙计们，"英雄虎莽豪侠表示同意，"有几十万个……相信我，跟那些野兽斗是没有意义的，这是一个曾经的英雄的忠告。"

对于维京部落来说，这就已经足够了。

英雄虎莽豪侠是蛮族群岛上最勇敢、最酷的人。他杀死了开膛猛龙，大战过垂涎龙，在他那个时代参加过一千次远征。如果他觉得大家应该逃离，那现在明显是该逃的时候了。

呆头族、巴须蛮族和丑蛮族的人都跳了起来，大声嚷嚷着向外冲。

"稍等一下，"小嗝嗝喊道，"火石还在我的手里！这不是唯一的解决办法。我父亲说得对，我们不能屈服……我们可以把火石放回到火山里，看能不能阻止它爆发……"

可是已经没人再听他说什么了。大家一时间都慌乱不已，疯狂地逃离竞技场，向下逃往港口，然后争先恐后地逃到自己的船上，争取尽早逃离这个地方。

"呃……那我们现在该怎么做，首领？"打嗝戈伯问道。

斯托伊克的脸上乌云密布。

"我被人背叛了！ 被我自己的儿子！"大块头斯托

伊克怒气冲冲地说。

小嗝嗝畏缩了。

斯托伊克从小嗝嗝的手中拿走了火石，然后爬到最显眼的高处。

"小嗝嗝正在逃跑！"斯托伊克喊道。

"不，父亲，"可怜的小嗝嗝说，"我不是那个意思，拜托了，您能就听我一次吗，我觉得我们应该——"

"**安静！**"斯托伊克咆哮道，"你的话已经说完了，小嗝嗝，现在拿着火石的人是我！"

小嗝嗝顿时不作声了。

斯托伊克极力克制住怒气，以庄重的首领姿态接着往下说："我的儿子要逃跑了，我允许你们跟他一起走。不过我哪儿也不去。我就待在这儿战斗到死为止。'永不屈服'是霍兰德斯家族的家训。"

毛霍里根人面面相觑。

"我们会与你并肩作战！"鼻涕粗喊道。

小嗝嗝在一旁伤心欲绝地看着眼前的画面。父亲拍了拍正在傻笑的鼻涕粗的背，跟他说很高兴从他身上看到霍兰德斯·黑线鳕家族的精神。

"**永不屈服！**"快乐的毛霍里根人高声喊道。

他们令人动容地齐声高唱道："这片泥塘是我们的泥塘……这片泥塘是你们的泥塘……"男人的嗓音唱出了如此优美的旋律，连诸神也让雷雨云哭泣了起来。

"哦，兄弟。"小嗝嗝哀叹着，肩膀垂了下去。

"你还在这儿干什么，小嗝嗝？"他的父亲严厉地问道，"我还以为你已经逃走了呢。"

斯托伊克表情严肃地指向了竞技场的出口。

他们出去时，鱼腿斯正在那儿等着，肩上还扛着他的逃命专用行李箱。

"怎么样？"他热切地问道，"好像大家终于明白过来了，都在往外跑。"

"除了我们毛霍里根人，"小嗝嗝沮丧地说，"很显然，我们永不屈服。"

"也对，"卡米卡琪不知从哪里钻了出来，她挥舞着剑说，"我真为我们沼泽盗客族感到丢脸，遇到小小的危险就像兔子一样逃跑。那你们有什么计划呢，小嗝嗝？小嗝嗝之队现在要做什么呢？"

"我们不能扔下其他毛霍里根人自己逃走。"小嗝嗝说，"他们表明无论发生什么事都会留下的……如果是这样，我们就必须靠自己的力量尽力阻止火山爆发。"

鱼腿斯吃惊得张大嘴巴。"我不敢相信我听到你们在讨论这个问题，"他说，"**阻止火山爆发？**我们怎么能阻止火山爆发？就用我们的手？想想吧，拜托你们好好想一想，行吗？"

"如果火石能强大到让一座火山休眠成千上万年，"小嗝嗝说，"也许我们把它再放回到火山里去的话，我们就能阻止火山爆发……"

"也许？"鱼腿斯尖叫起来，"如果阻止不了会怎么样？"

小嗝嗝一言不发。

"**哦，好极了！**"卡米卡琪笑道，她一想到要经历一次险象环生的远征就欣喜若狂。

她从背心的正面掏出了火石。

"你从哪儿弄到它的？"小嗝嗝惊叹道。

"斯托伊克忙着唱歌的时候，我从他的大胖鼻子底下把它偷过来的。"卡米卡琪得意扬扬地说。

虎莽豪侠转身要走，小嗝嗝拦住了他。

"你要去哪儿？"小嗝嗝说，"我需要你给我们带路前去熔岩蛮岛。"

"我想我依然是你的保镖师，"虎莽豪侠说道，"不过我最多只能跟着你到岛上。爬上火山是英雄的事，可我永远不会再做什么英雄的壮举了。"

"好，"小嗝嗝马上说，"我们现在要做的就是借一艘快船，尽快赶到熔岩蛮岛，在火山爆发前把火石扔进火山里，然后开船回家。跟我来！"

"这就是我们现在要做的？"鱼腿斯问道。

他们要费很大的劲儿才能从港口处那些因为夺路逃跑而乱作一团的维京人群中挣脱出来。

他们借用的那艘船叫"游隼号"，是港口里航行速度最快的船。

　　"我们会把它带回来的，"小嗝嗝自言自语道，他感到很内疚，"如果我们没有……好吧，如果我们没有把它带回来，也没关系。"

　　令人高兴的是，太阳在星期日太阳节这天攀上了最高空。小嗝嗝、鱼腿斯、卡米卡琪和曾经的英雄虎莽豪侠、无牙、风行龙、白龙等一起驾船驶离了毛霍里根港口，踏上了"阻止火山爆发的远征"。

11. 阻止火山爆发的远征

"游隼号"是一艘行驶速度非常快的船。

这时的天气依然炎热难耐，不过从空气中能感觉到就要变天了，接下来会有雷雨天气出现。

过去数月，贝客岛周围的海域异乎寻常地像个水潭一样平静。可是在一夜之间，一阵热风升了起来，携带着高处被烧焦的树林所残留的大片大片烟灰，像秋叶一般哆哆嗦嗦地穿过贝客岛上空，飘到了狂怒的海上。

仅仅过了几个小时，这阵闷热的风就把小嗝嗝他们吹离了蛮族群岛，吹进了公海里。天空中有一群龙平稳地飞行着逃离熔岩蛮岛，一股不祥的烟雾从它们身后飘过来，笼罩着它们。天空中不时传来"轰隆隆"的声音，不清楚是雷声还是火山发出的声音。

要是之前能向父亲解释清楚我要做什么就好了……小嗝嗝想着，留恋地向后张望贝客岛的轮廓。虽然不是

刻意为之，虽然他已经尽力而为，可是他好像总是让父亲失望。我希望他不要把我当成一个背叛者……如果我们没有成功，他会觉得我一定是逃跑了……要是他肯好好地听我说话就好了。

斯托伊克很少会倾听别人说话。

鱼腿斯靠在他的逃命专用行李箱上，喃喃自语道：

"这不是个好主意……这不是个好主意……这不是个好主意……"

"我不是很确定这个长着一张鱼脸的家伙会对我们的队伍有什么帮助，小嗝嗝，"虎莽豪侠轻声说，"你是首领，金发小女孩拿着火石，可他会做什么？他看上去倒像会拖后腿。"

"别以貌取人，"小嗝嗝低声回答道，"他会变身'狂怒侠'。"

"真的吗？"虎莽豪侠表示难以置信。以他的经验来看，狂怒侠的个子一般都很高大，而且通常不会患有哮喘和湿疹，也不会膝盖外翻。

　　熔岩蛮岛的轮廓终于浮出了地平线。上面的火山在
冒着烟。这幅景象看上去很不祥，连厚脸皮的无牙也有
点儿害怕了，所以它赶紧跑过去站在小嗝嗝的肩膀上。

　　此刻，哀伤笼罩着整座岛。岛上的这片土地也变得
颤动不已，引起了四周海域的剧烈摇晃。

　　这片被炙烤的土地上满是像痘痘和脓疱一样的黄绿色
的小斑点，就好像是人感染了某种致命的传染病。不过当
他们距离岛的距离越来越近，就看清了这些东西不是小斑
点而是蛋，是成千上万个邪恶的灭绝龙蛋在等待着火山爆
发。这样，它们就能孵化出来将整个蛮族群岛彻底毁灭。

　　小嗝嗝他们发现了一处形状如同马蹄状的可供登陆
的海岸，"游隼号"涉浅水而过，直到船底碰到了黑色
的沙土，才停在了烂泥当中。

　　很显然，风行龙不打算踏足这座岛。

　　虎莽豪侠叹了口气。"我会驾船走远一点儿，然后

在附近转转，只是以防万一……只是以防万一……"

虎莽豪侠再也没有把这句话说完，虽然没有说完，可余音仍在空中萦绕……只是以防万一，如果有逆转事实的奇迹出现，你们真的活着回来的话。

"祝你们好运，伙计们！" 虎莽豪侠喊道。

三个长得不太像英雄的年轻人，步履艰难地走向海滩。

鱼腿斯随身带着他的行李箱。

他知道这种做法很愚蠢，可是带着逃命专用行李箱，会让他多一点儿安全感，好像只要他想离开就能随时离开一样。当然啦，当他进入英烈祠的时候，他就能有些干净的袜子和内裤可供更换了。

12. 欢迎来到熔岩峦岛

灭绝龙的蛋的数量十分庞大，他们一路上都要小心翼翼地避开它们。这些蛋已经在这里躺了几百年了，早已深深地嵌入了土里，被草丛、苔藓、石楠花和蕨丛覆盖着。可是现在，植物全都被烧光了，所以它们就像是肥大的白色蛆虫一样暴露无遗。

突然，从它们当中传来一阵愤怒、狂乱的刮擦声。起初大家很清楚这是什么声音，可是随着这几个维京人越爬越高，他们开始看到的那些蛋并不像悬崖下方的"同胞蛋"一样如同脂肪般纯白、油腻且不透明。

这些蛋的外壳很薄，蛋里的身体轮廓都浮现在蛋的表面，就像是瓷器上将要爆裂开来的裂缝一样。它们显然是快要孵化出来了。其中的一些蛋的壳已经薄得透明了，里边的雏龙清晰可见，身体扭曲交缠成了一个愤怒的结。

这些雏龙已经过了数百年的时间，现在都已经长得很大了，蛋壳牢笼对它们来说早已太过拥挤，所以它们的肢体扭曲成最怪异的姿势。正是它们的爪尖在制造那些疯狂的刮擦声，为的是撕裂那些将它们困在其中的坚硬外壳。

一旦你盯着灭绝龙的眼睛看，你就不可能忘掉它们。在灭绝龙那纯粹、专注而且怒气冲天的白色眼睛里，瞳孔因为极度愤怒而颤动着。无论醒着还是在噩梦中，这副模样将永远留在你的脑海中，挥之不去。

　　几个维京人不得不在这些可怕又薄透的蛋上面攀爬。这时候，灭绝龙的眼睛会带着强烈而又无可奈何的愤怒向上盯着他们，它们刮擦蛋壳的声响因为愤怒而变得更加尖锐刺耳。

　　"**哦……可恶……太卑鄙了**……"鱼腿斯发出了一声恐怖的尖叫。因为他脚底一滑，一下子摔倒了，脸刚好压在一个蛋上面，跟里面那只动物暴怒的眼睛和疯狂刮擦的剑爪只隔着一层蛋壳。

　　无牙在确认了这些吃人怪物确实被困在蛋里后，自然忍不住戏弄起它们来。

　　无牙向上飞起，然后停在蛋上，伸出舌头冲着困在里面的雏龙做鬼脸，惹得它们怒不可遏，极力想向它冲过来。不过它们最多只能让它们的蛋在那片烧得精光的地面上稍稍摇晃摇晃。

　　无牙认为这是很有意思的玩笑，所以不断地逗弄它们，尽管小嗝嗝反复告诉它不要刻意激怒这些怪物。

　　无牙甚至编了一首关于灭绝龙的歌，用来戏弄他们。

他厚颜无耻地飞到这些蛋的上方放了几个响屁，还用鼻子推着它们滚下山。

捉——捉——捉不到我，
哦，孱——孱——孱弱的灭绝小宝宝。
没有腿的青蛙们，
摇篮里的蝌蚪们。
我看见你们在蛋里哭泣，
不过你们捉——捉——捉不到我！

他们走过的每一处都有"烈火金矿"那些阴森的入口，入口外翻涌着含有金色粉尘的大团蒸汽。小嗝嗝艰难地咽了咽口水，向下看着这些阴森恐怖的黑洞，冷酷又明亮的岩浆流在洞的底部蜿蜒而过。想象一下，可怜的风行龙就是被迫在下面匍匐而行，像只没有翅膀的苍蝇一样苦苦挣扎。

熔岩蛮村的景象更为惊悚，这一定是虎莽豪侠所经历过的。他被这些贪婪的野蛮人当作奴隶使唤长达十五年之久。

这里到处都是笼子、镣铐、锁链和鞭子，还有带铁窗的牢房、用铁和石头做成的床。难怪可怜的虎莽豪侠不愿再踏足这个被诅咒的岛。

小嗝嗝、鱼腿斯和卡米卡琪继续往上爬去。鱼腿斯稍稍地落在后面，拼命地喘着气，仍然固执地拖着他的逃命专用行李箱。

他们不时会碰到一些人造雕像，就是虎莽豪侠曾经描述过的那种。它们高高地耸立在一块突出的岩石上，所以能被所有的灭绝龙的蛋清楚地看到。

这些雕塑的造型是一张脸，大小是普通人脸的三倍，确实有点儿像小嗝嗝印象中的奸诈的艾尔文的模样。

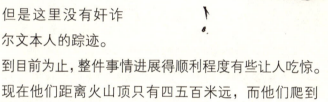

但是这里没有奸诈的艾尔文本人的踪迹。

到目前为止，整件事情进展得顺利程度有些让人吃惊。

现在他们距离火山顶只有四五百米远，而他们爬到这里竟然没有遇到什么令人不快的事情。

他们现在要做的就是爬上山顶，把火石扔进火山口，然后向下跑回港口。

他们就快要到了……

就差五十米远了，就在这时，他们上头的火山口处出现了一只黑色的脚。

这只黑色的脚上伸出了五只爪子，每一只都像剑一样宽大、锐利而且闪闪发亮。

在火山顶外面，一只庞大、结实而又令人恶心的灭绝龙，像一条巨大又黏滑的鼻涕虫一样在缓缓爬行，体形有一只狮子的三倍大。它宽大的牙缝里冒出绿色的唾液泡沫，那怒火喷张的鼻孔里则喷出了层层蒸汽。

它的脸扭曲成了一张充满愤怒的可怕鬼脸，眼睛暴突出来，露出熊熊灼烧的怒气，而它的爪子和角则像是着了火一样。突然，它用后腿一蹬，暴跳而起，十只剑爪划破长空。透过它那防火胸膛的透明表皮，你能看到那滚烫的黑色血液从它那两颗巨大的黑色心脏中输入输出。它全身血液循环的速度和血压是其他动物的二十倍。

它张开吓人的嘴巴大声咆哮着，这一声巨响让维京人战栗不已，让他们的心脏像只受了惊的兔子一样快速跳动。

如此狂暴凶猛的动物似乎不可能被人类制服，可是在这只灭绝龙的嘴里有一块带金属尖的铜红色厚片抵住了它的喉咙。在它的背上、在两只巨大的黑檀木色的翅膀之间，骑着一个个头高大、面目狰狞的男人。

这个男人的一只手臂的末梢是一个铜红色的钩子。当他竭力控制这只暴怒的、用后腿站立的野兽时，他就用这个钩子拉着金属缰绳。他的另一只手则拿着一根大鞭子，猛烈地抽打着灭绝龙的身体，直到它伏下粗壮的前腿，低头屈服，尽管它还在咆哮，脚还在移动，样子也显得极不情愿。

鱼腿斯、卡米卡琪和小嗝嗝接连往后退了几步。卡米卡琪不由得把火石握得紧紧的。黑衣人向上推开防火服上的面罩。

面罩下的脸就是他们所看到的布满岛上各处的巨大雕像上的那张脸。这是一张完全没有毛发的脸——没有眉毛，没有睫毛，也没有胡须。脸上挂着明媚却令人不快的笑容，这一笑露出了许多牙齿。

他的独眼目光尖锐，像毒蛇一样恶毒；另一只眼睛

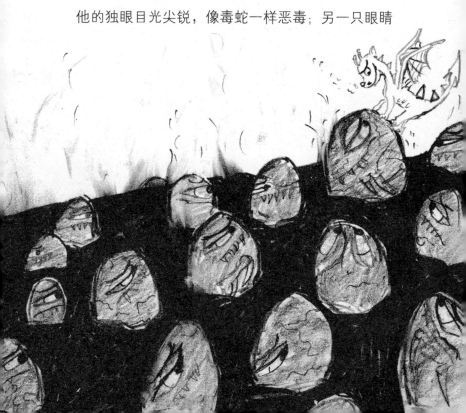

没了，上面覆上了一只眼罩。

他的一只手臂很长，一只金色的龙形手镯绕住了整只手臂。

另一只手臂很短，末端是一个铜红色的像问号一样的钩子。

"你好，小嗝嗝·霍兰德斯·黑线鳕三世，"奸诈的艾尔文一边慢吞吞地说，一边悄悄地将鞭子放回到他的腰带中，将钩子拧了回去，换上了他的剑——暴风利刃。"又遇到你们真是太高兴了！这个星期日的下午是如此美好，你们三个小混蛋这是要去

哪儿啊？"

你好，小嗝嗝

13. 回到贝客岛

就在艾尔文收起钩子的同一时刻，沮丧不已的斯托伊克被他的士兵围绕着站在那里，看着毛霍里根港口那些逃命的人群挤来挤去。

他那令人相当不悦的侄子鼻涕粗悄悄地走到他的身边，丑陋的脸上带着谄媚的傻笑。

"虎莽豪侠已经逃走了，"他嘲讽道，"而且他们还带走了'游隼号'。"

"'游隼号'？"大块头斯托伊克咆哮道，"它们偷走了我的'游隼号'？"

这对于斯托伊克来说，无异于雪上加霜。

大块头斯托伊克很爱他这艘"游隼号"。这是一艘蓝黑相间的运河小船，也是蛮族群岛上航行速度最快的船。那个自以为很酷的野蛮人虎莽豪侠不但引诱他的儿子怯懦地逃跑，而且还厚着脸皮偷走了他最心爱的船！

"是的，"鼻涕粗说，他对斯托伊克火冒三丈的样子感到满心欢喜，"我只是在半个小时前见过他们驾船离开这里往西边去了，够酷吧！"

斯托伊克张大嘴巴，想要破口大骂。

稍后，他又闭上了嘴。

"往西边去了？"他面露难色地说，"你确定他们往西边去了？"

他没有等鼻涕粗回答，而是转身向左，用手挡住太阳光，不让它刺到眼睛。

在那边，他只看到了"游隼号"弧形的白色船帆消失在西边的地平线上。无论在什么地方，他都能一眼认出那片船帆。

"所有人都在往南边逃！"斯托伊克吼道，"西边是熔岩蛮岛，那上面是火山和那些灭绝玩意儿！我的儿子往西边逃是要干什么？"

斯托伊克不是处事最精明的蛮族人，不过连他也能看出来他的儿子犯了多大的错。

戈伯在斯托伊克的手肘边上稍稍咳嗽了几声，接着说："嗯……我不太确定他是在逃跑，首领。您没听到他在这里的'东西'大会上所说的，要把火石扔到火山里阻止它爆发吗？"

大家沉默了一会儿。

"他说过吗？"斯托伊克着急地问。

现在，斯托伊克的脑子里一片空白。

一方面，他感到欣喜若狂，因为自己的儿子没有逃跑，没有背叛部落，也没有给黑线鳕家族的名誉抹黑。

另一方面，他觉得这实在是太疯狂了。

把火石扔回去？冒着火山会爆发、灭绝龙会孵化出来的危险？

简直就是**荒唐、疯狂、送死**……

为什么毛霍里根英雄做事总是这么坚持不懈？

"哦，为什么我们全都待在这里无所作为，啊？"斯托伊克咆哮起来，"我们应该去帮助这个小伙子。启动"蓝鲸号"，拿出我的战斧，（谢谢你提醒我注意到这一点，鼻涕粗！）下到港口去！一二，一二，一二！"

　　鼻涕粗心想：真倒霉，我为什么要那么多嘴呢？

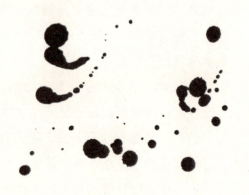

14. 遇到熟人真的
总会令人高兴吗？

如果小嗝嗝知道父亲和毛霍里根部落的人驾船前来支援，他应该会很高兴的。

可他们离这里大约还有一个小时的航行距离，而此时，小嗝嗝面临的问题已经是火烧眉毛了。

三个维京人连想都没想就都拔出了剑。

之前，卡米卡琪悄悄地脱掉了包裹着她肩膀的毛背心，小心翼翼地把火石藏在里面。（艾尔文那时正在用剑比划剑术，所以没有注意到卡米卡琪这一举动，下面我们会明白，他的这一做法有多么的重要。）

这么近，可又这么远。

鱼腿斯摸索着他的剑鞘。就在他急忙把剑拔出来的时候，他的逃命专用行李箱裂开了，里边所有的东西都掉了出来，滚得满山腰都是。

"奸诈的艾尔文！" 卡米卡琪不假思索地脱口而出，"你到底是怎么从那些鲨鱼蠕虫口中逃脱的？"

"你这个问题问得太好了，我亲爱的小姑娘！"奸诈的艾尔文一边低语，一边用钩子的末端剔着牙齿，好像他正悠然自得地坐在一张舒适的椅子上而不是在灭绝龙的背上，也不是在一座即将爆发的火山口边上。"你这个问题问得太好了！你们毁掉了我宝贵的幽森城堡，把我扔进鲨鱼蠕虫堆里，大家都认为我会必死无疑。"

艾尔文的独眼此刻充斥着冷酷和愤怒。

"我们没把你扔进鲨鱼蠕虫堆里！"鱼腿斯反驳道，"是你试图杀死我们的时候自己掉下去的！"

艾尔文没有理会他。"不过你们应该知道奸诈的艾尔文是很难杀死的，我的朋友们，非常难杀死。鲨鱼蠕虫们虽然很饥饿，可是我更饥饿。第一只鲨鱼蠕虫吃掉了我的眼睛，"艾尔文愤怒地指着他的眼罩说，"可是它后悔了，"艾尔文带着恐怖的满足感说道，"正在它吃的时候，我杀死了它，只用暴风利刃一刺，然后从它张大的嘴巴里爬了进去，其他鲨鱼蠕虫继续饕餮的时候，我就躲在这具漂浮的尸体中。"

"哦，讨厌！"鱼腿斯哀叹着做了个鬼脸。

"确实，"艾尔文咬牙切齿地说，"不过当人命悬一线的时候就不会计较太多了。鲨鱼蠕虫的饕餮盛宴持续了长达六个小时，然后它们开始沿着夏日洋流游走了。接着，我用钩子绕在鲨鱼蠕虫漂浮着的脊椎上，拼命地挣扎着向岸边靠。这花了我很长的时间，因为我们漂移得离岸边太远了。"艾尔文痛苦地说，"我不但身体很虚弱而且还失去了一只眼睛。之后，我终于想方设法移动到靠游泳就能到达岸边的地方，于是放开了那具供我藏身而且全程保护着我的死尸，没想到它却向我发出了复仇的最后一击。虽然已经死去多时，它的嘴巴却突然

条件反射似的向前咬下来，咬断了我一只
正在游泳的腿的膝盖以下的部分。"

"哦，天啊！"小嗝嗝同情地低
声说道，虽然对象是艾尔文。

"就是这样，"艾尔文说，"我
回到岛上时，所有的罗马人都已
经离开了。我在幽森城堡的废
墟里度过了那个漫长又寒
冷的冬天。在那里，我
进行自我疗伤，直到
康复，然后练习剑斗，
梦想着有一天能报仇！"

"哦，天啊！" 小嗝嗝又叹道。

"就是这样，"艾尔文再次说道，"我已经在鲨鱼
蠕虫身上报了仇。我用它那颗咬我的龙牙做了我的假肢。
不过我还没在你——小嗝嗝·霍兰德斯·黑线鳕三世身
上报仇。你欠我一只手、一只腿、一只眼和满满一头头发，
我要你付出代价！"

"可是严格说起来，你失去这些东西可不是我的
错！"小嗝嗝反驳道，"那都是你自找的！说起欠人东西，
那你对可怜的虎莽豪侠又做了什么呢？你拿走了他的心
形红宝石，然后把他丢在这座岛上那可怕的金矿里受尽
磨难。你让他相信他的爱人不仅不再爱他，而且在知道
他活着屈身为奴的情况下还嫁给了别人。虎莽豪侠又对

你做过些什么，让你对他恨之入骨？"

"我恨别人不需要理由，"奸诈的艾尔文说，"那他又是怎样对我的？他向我承诺过会杀了你。那可是极具戏剧性的命运转折点，杀死自己爱人的儿子，我应该会高兴得不得了的。

"我为此付出了艰苦的努力，我在他盲信偏听的耳朵里灌输了大量关于你的恶毒谎言，对他的愤怒、痛苦和报仇的欲望煽风点火……我从未预料到像他那样的英雄竟会违背一个如此庄重的承诺，尤其是对我许下的承诺。他欠我的实在是太多了，我的天啊！"听上去艾尔文已经出离愤怒了，"这个年代谁也信不过！"

艾尔文叹了口气："不过，我想，如果他失信于我没有杀掉你，小嗝嗝，那他在执行任务的第二部分时也一定会令我失望。"

"任务的第二部分是什么？"小嗝嗝吃惊地问。

艾尔文耸了耸光秃秃的眉毛。"他没告诉你吗？"艾尔文声音闷闷地说，"我想知道为什么没有。他应该把火石拿给我，就在这儿，在火山这里！"

卡米卡琪、小嗝嗝和鱼腿斯都倒抽了口冷气，不由得向后退了一步，他们惊恐地意识到火石就放在他们身后几英尺远的地方，用卡米卡琪的背心包裹着。

"火石？"小嗝嗝结结巴巴地说，想要拖延时间，"火石是什么东西？"

"火石是什么，你心知肚明，小嗝嗝。"艾尔文冷笑道，

"火石里藏着许多大秘密，其中的一个谜团就是：灭绝龙害怕它，所以拿着火石的人可以控制灭绝龙……从而统治整个蛮族群岛。我想知道为什么虎莽豪侠没有告诉你，他本来应该把火石拿给我的。"

艾尔文眯着眼睛看着三个维京孩子，他们三个都极力表现出一副无所谓的模样。

接着，艾尔文突然笑了，因为他好像想到了什么。他笑得很是阴险、狡猾，嘴巴咧得很大。"可能是因为你们把它带来给我了。"

艾尔文开始仰天大笑，扬扬自得的咆哮声让人很讨厌。**"哦，这真是太好了！"**

他擦拭了一下因为大笑而不停流泪的眼睛。

"你是个聪明的孩子，对吧，小嗝嗝？也许你解开了另一个火石谜团……那就是，它能阻止火山爆发，所以你们到这儿来了。三个可怕的维京英雄，你们都还不到我的胳肢窝呢。你们把火石带来这里，憧憬着，祈祷着，希望在最后一秒钟阻止灾难发生。太贴——心了……"艾尔文冷笑道。

他向三个维京人走近了一点儿，就像一只恶毒的蜘蛛。他将暴风利刃挥舞得"沙沙"作响，还狡诈地发出了几声"啧啧啧"的声音。

"你们离得那么近，"他同情地说，"离成功那——那——那——那么近！那么近……却又那么远。太可惜了！我真的很讨厌让小朋友迷人的小梦想破碎。"他叹

我真的很讨厌让小朋友
迷人的小梦想破碎

道，"不过恐怕我也无能为力，因为这是我的工作。"他的声音带着些许冷酷。"把火石交出来，小嗝嗝！"

"我没有火石！"小嗝嗝坚定地说。

"真的吗？"艾尔文怀疑地说。

这时，无牙从小嗝嗝的头盔下爬了出来，饶有兴趣地听着他们的谈话。"哦，有——有——有的，你们有的！"他结结巴巴地说，"就在——"

小嗝嗝连忙往它的嘴巴上扇了一巴掌。艾尔文轻轻地笑了，他懂得的龙语已经足以听懂无牙说的话。

"你是个聪明的男孩，小嗝嗝！"他说，"可是时至今日，你真的应该学习独立作战，就像我这样。只有这样，你才不会被身边那些愚蠢的动物和人拖后腿……最好在我发火之前把火石交出来！"

"绝不！"小嗝嗝喊道。

奸诈的艾尔文向小嗝嗝扑过来，嘴里喊道："灭绝龙，你去抓另外两个，要抓活得！注意，我要那块火石，所以让我来对付小嗝嗝！"

灭绝龙怒吼着朝着卡米卡琪和鱼腿斯猛扑过来，它靠着后腿站立起来，伸出了十只锋利的剑爪。

在这关键时刻，小嗝嗝举起自己的奋进剑，抵住艾尔文恶狠狠地砍向他胸口的暴风利刃。

卡米卡琪和鱼腿斯在跟那只用十只剑爪对着他们的大黑兽作殊死搏斗。这只野兽能精准地使用它的爪子，好像它也会剑斗术一样。它的脚趾既灵活又能弯曲，能像手臂一样移动，可以伸缩自如。

感谢托尔神，它只是奉命抓捕他们而不是杀了他们，只用了两分钟，它就用左臂抓住了鱼腿斯。

灭绝龙用一根趾头把鱼腿斯的剑抛到上空旋转，解除了他的武装。接着又用左腿把鱼腿斯踢倒在地，然后用五只剑爪把它按在地上，其中的两只爪放在他的肩膀上，还有两只放在他的手臂下面。

卡米卡琪的麻烦更大，因为卡米卡琪是一位出色的剑斗士，而且在战斗的时候总是说个不停，这比起剑斗本身来说更令人不快。

"接招，你这个慢性子、大舌头、透视胸的手提包！"她大声喊道，然后跳过了它的剑爪，又用力地拉它的胡须。灭绝龙既痛苦又生气地嚎叫起来。

"**爱哭鬼！**"卡米卡琪欢快地喊道，"讨厌的怪物龙是不是想让它讨厌的妈咪好好地亲吻它啊？"

灭绝龙的眼里透露出某种眼神，清清楚楚地表明："不管我的主人说什么，也许我应该杀掉这个小麻烦。"

灭绝龙快要气炸了，它用五只剑爪锐利的剑刃猛砍猛刺，最终突破了卡米卡琪的防线，把她捡了起来。卡米卡琪又是狂踢又是狂叫，灭绝龙只得把她按倒在地，五

鱼腿斯的逃命
专用行李箱

只剑爪抵着她插进了地里，就像它对鱼腿斯所做的那样。

因为卡米卡琪已经被控制住，所以灭绝龙现在也就不太在意她的辱骂了。它那像黑豹一样巨大又淌着汗的身体躺在鱼腿斯和卡米卡琪中间，然后收起了巨大的黑色翅膀来观看小嗝嗝和艾尔文的战斗。

"虎莽豪侠说得对，"鱼腿斯沮丧地对卡米卡琪说，"我在团队里一点儿用也没有。我确实努力试着让自己变成'狂怒侠'，不过只有当我不想的时候才会变身成功。至少你还会奋勇抵抗，而且还偷来了火石和其他一些东西。我什么忙也没帮上，也许我应该像其他人一样逃走。"

这么说可不太对。

有时候，我们会以极不明显的方式发挥作用，如果鱼腿斯像别人一样逃跑了，他就应该带走他那个逃命专用行李箱。正如我们接下来看到的那样，那个行李箱将会发挥极其重要的作用。

自从上次在卡里班洞穴中的珍宝堆顶上跟小嗝嗝打斗之后，艾尔文就一直不间断地练习剑斗术。

不过那次之后，小嗝嗝也在练习，威厉呆老师还给他开小灶，给他多上了几堂剑斗课，因为这是整个海盗训练课程中他最为擅长的课程。

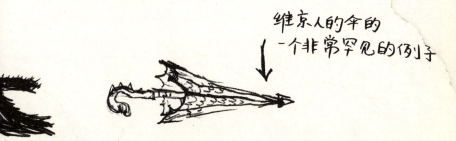

维京人的伞的一个非常罕见的例子

虽然艾尔文的个子比小嗝嗝高，手臂也比小嗝嗝的长，可他也有鲨鱼蠕虫牙雕腿这个缺陷，害得他在山顶上移动时踉踉跄跄，真是倒霉透了。相反，小嗝嗝的腿脚却很轻便、灵活，连最激烈的进攻他也能很快闪避。

　　这是一场势均力敌的较量。可是艾尔文有一个胜过小嗝嗝的优势，那就是——**他是一个大骗子。**

在蛮族人的文化里，剑斗时用铁钩朝你的小孩对手发动猛烈攻击，并不符合一个良好的运动员应该具备的体育精神。

在未成年人躲闪的时候，用鲨鱼蠕虫牙雕腿把他绊倒，也违背了维京人的道德守则。

可是艾尔文从来就不是一个良好的运动员，他接连做了这两件事，却没有丝毫的歉疚感。

小嗝嗝向后摔了个四仰八叉，手和腿不停地抖动着。

随着一声胜利的号叫，奸诈的艾尔文把奋进剑从小嗝嗝的手中夺走了，还把它扔到了小嗝嗝够不到的地方。

就在艾尔文从小嗝嗝手上夺走他的剑并且举起暴风利刃进行最后一击的时候，一道阳光映照在绕着艾尔文那只完好手臂的手镯上。本来，小嗝嗝这次远征应该到此为止了，如果他不是幸运地正好跌落在鱼腿斯那个逃命专用行李箱掉得满地都是的行李中间的话。

小嗝嗝依然四肢摊开，躺倒在那里。他顺手抓起离他最近的腿斯的一盒牙粉，把盒子里东西的一股脑儿地砸向了艾尔文的脸。

"哎哟哟哟！"艾尔文大叫起来。鱼腿斯的牙粉是老威利最受欢迎的药物之一，它是海草萃取物和海鸟粪的混合物，为了提升口感还加入了留兰香。我不知道它对牙齿有什么具体作用，不过当它进入艾尔文那只好眼睛时，眼睛肯定**刺痛得很厉害**。

就在艾尔文站在那儿暂时失明的时候，小嗝嗝向上跳起，把镯子从艾尔文的手臂上拽了出来。小嗝嗝使出吃奶的劲儿去拉扯，因为它牢牢地附着在防火服上。可是小嗝嗝被逼疯了，他自己也没料到能使出这般气力去拽。他把手镯往上抛给无牙，大喊道："送去给虎莽豪侠！"

虽然这个手镯很沉，像块石头一样向下掉，都快掉到了地上，可无牙还是抓住了它。因为嘴巴被手镯填得满满的了，所以它吞吞吐吐地说道："为——为——为什么？"

"就照做吧！！！这辈子你就停止争论这一次吧！"小嗝嗝吼道，"快！！！"

就这样，这只小龙瞄准了漂浮在海湾的"游隼号"

金色手镯的重量让无牙
在空中下降的速度变得更快

牙粉

那个小点儿，朝它猛地俯冲下去。金色手镯的重量让无牙在空中下降的速度变得更快。

而此时，艾尔文流泪的红眼睛能看到东西了，所以他又开始攻击小嗝嗝，就像一只疼痛的蛇一样狂乱不已。

小嗝嗝把行李箱举起来当做盾牌，而艾尔文一次又一次的攻击如雨而下，最终把那面盾牌劈成了两半。小嗝嗝及时翻滚到一边儿，躲开了艾尔文那锋利的剑刃。

艾尔文趁势抓住了小嗝嗝的背心，小嗝嗝扭动身体把它脱掉，接着用一本名为《初次到罗马》的观光指南书击打艾尔文的鼻子。

"你应该从你那个愚蠢的老外公那里吸取教训。他已经学会不去干扰命运了，可他居然觉得自己足够聪明，可以保住火石！"艾尔文咆哮道。

"他的多管闲事、愚蠢的远征，目的就是伤他女儿的心……我真希望你能看到当我跟她说虎莽豪侠已经死了的时候，瓦哈拉腊玛哭得有多伤心……哦，这真是一出悲剧！"

"谎话精！叛徒！坏蛋！"小嗝嗝喊道，他躲开了艾尔文又一次进攻后，四处搜寻着，看周围有没有别的东西可以用来当武器。

"哦，蠢——货，"奸诈的艾尔文冷笑道，他慢慢地向前走，目露凶光，"住手吧！你快要让我哭出来了！"

稍后，小嗝嗝把一件又一件东西扔向他，把鱼腿斯那个逃命专用行李箱里面的东西都扔光了。现在，这些行李全都散乱地躺在四周的山腰上。

　　鱼腿斯皮带上的那个沉重的金属扣整个打中了艾尔文的前额。打中他的还有六条干净的内裤、几条长裤、一瓶害得他们俩都不停地打喷嚏的哮喘药。鱼腿斯的枕头被暴风利刃刺破了，里面的鹅毛四处乱飞，让他们俩淋了一场鹅毛雨。

　　"哎哟，哎哟哎哟！" 艾尔文喊道，因为鱼腿斯的带钢毛的毛刷打在了艾尔文敏感的下巴上，而且鱼腿斯的一件背心裹住了他的牙雕腿。

　　不过，虽然小嗝嗝在紧要关头推延了败局，特别是用鱼腿斯的伞代替了剑，进行了英勇的战斗，但结局仍旧是毫无悬念。

　　艾尔文下定决心，这次绝不让小嗝嗝逃出他的手掌心。他的眼睛流着泪，嘴巴往外吐着鹅毛，步履蹒跚地走向前，用剑将伞劈成了两半，最终将小嗝嗝抓住了。这次，小嗝嗝没有办法逃脱了。

　　"好了！" 艾尔文幸灾乐祸地说着，用暴风利刃抵住小嗝嗝的脸，"告诉我，火石在哪里？"

鱼腿斯的一件背心裹住了他的牙雕腿 →

告诉我，
火石在哪里？

15. 我不是故意来这儿的

同时，虎莽豪侠在下面的"游隼号"上焦急地等待了半个多小时。他用手挡着刺眼的阳光，想要看着三个维京孩子缓缓地爬上火山的过程。

虎莽豪侠发现，看着别人远征要比自己亲自出征紧张得多。他紧张得有些难受。

大多数时候，他向上张望的时候总是自言自语，想说服自己他这么做是对的。

"好了，我没有告诉小嗝嗝大好人艾尔也想要火石是对的，不是吗？没人会料到我会跟他们一起去，不是吗？……不过我猜别人都不会这么做，如果不是看在托尔神的分上，"虎莽豪侠把弓箭挎在肩上，"人总有一天是要退休的，不是吗？向火山出发，白龙……我是说，为什么当英雄的总是我？"

"这……不是……我的……战斗……"虎莽豪侠抱怨道，他的脚又离开了龙身一侧的脚镫。

他面朝天空，对着冷漠的天空长啸，挫败地挥动着拳头：

"我……应该……怎么……办？"

就好像是在回答他的问题一样，筋疲力尽的小无牙从晴朗、蔚蓝的天空中俯冲而下，然后一个金色的东西掉落在了甲板上。

这个东西在甲板上滚动起来，速度越来越慢，最后"咔嗒"一声停了下来。

虎莽豪侠弯下身体，捡起这个东西来。

这东西就是缠绕在艾尔文那只好手臂上的金色镯子。虎莽豪侠很了解它。许多许多年前，在艾尔文同意

把心形红宝石带去给瓦哈拉腊玛之后，他在锻造监狱里亲自为艾尔文打造了这个手镯以示感谢。这是这么久以来，他第一次如此近距离地观察它。

在把它捡起来的时候，他心想，真有意思，龙的眼睛里好像有什么东西，可我在做它的时候并没把什么东西放在里面。

他把手镯拿得更近了。这时，一束闪电点亮了天空，一道光掠过手镯，龙的眼睛在向他眨眼。

那是一个微微的、淘气的、泛着红光的眨眼，好像它被逗乐了似的。

这只龙的眼睛就是他的心形红宝石。

就在那一瞬间，虎莽豪侠突然明白了事情的真相。

她那时是爱着他的。

她从未收到过他的求救信息。

大好人艾尔从来没有把宝石送去给她。

他自己留着心形红宝石……他甚至还厚着脸皮将它嵌进了虎莽豪侠为他做的手镯里。一直以来，他就在虎莽豪侠的眼皮底下戴着它……这件事也让虎莽豪侠意识到他远没有自己原本以为的那般好。

也许让虎莽豪侠觉得他就是小嗝嗝所描述的那个奸诈的混蛋……也许把他扔进鲨鱼蠕虫堆里是个极好的注意，它们只把他的腿咬掉而没有彻底让他消失真是太遗憾了。

长达十五年之久的记忆一下子涌进了他的脑海里。

记忆中是他的爱人在多年前把这颗宝石送给他的画面。

她是这样说的：

"拿着这块宝石，就如同握着我的心。如果你身陷囹圄或遭遇困境，就让你的狩猎龙衔着宝石飞来找我，我会去救你的！"

虎莽豪侠想笑，又想哭，因为他首先看到了心形红宝石，然后才看到了下面的无牙，它已经累倒在甲板上了。

命运不就是这么富有戏剧性的吗？

不过，这一切意味着小嗝嗝在火山上遇到了麻烦。小嗝嗝这辈子从没有像此刻这样需要他的保镖师。

英雄虎莽豪侠把手镯戴在自己的左臂上。

他跳上白龙的背，拔出剑高喊道：**"来吧，风行龙！** 小嗝嗝需要我们！这是我们的战斗！向火山出发！"

"哦，兄——兄——兄弟，"无牙摊开四肢躺在甲板上抱怨道，"我们又要飞上去了，是吗？"

风行龙艰难地咽了下口水，用嘴衔起无牙，跟在虎莽豪侠的身后向火山飞去。

16. 另一场战斗

"最后，"奸诈的艾尔文幸灾乐祸地说，他的脸向下冲着被吓呆了的小嗝嗝笑道。

"好了，看看你那宝贵的英雄气概把你害成什么样了，连胸毛都没长出来你就要死了。在你死之前，告诉我火石在哪里？"

小嗝嗝的眼睛直勾勾地向上看着艾尔文那张**阴险恶毒又伤痕累累**的脸。

他知道自己快要死了，所以一点儿也不害怕。他可不想让艾尔文从他害怕的样子中获得满足感。

于是，小嗝嗝开始唱起歌来。

因为某种原因，他的脑海中浮现的第一首歌是斯托伊克最喜欢的一首很可笑的歌曲，刚好是小嗝嗝的母亲瓦哈拉腊玛在他还是婴儿的时候唱给他听的摇篮曲。那时，他依偎在她的护胸甲前，被她摇晃着入睡。

据说这首歌是很多很多年前，大长毛巴顿最先在蛮族群岛上定居时亲自编写的。

我并非特意来到这儿，
我也并非特意要留下，
是海风把我吹送而来，
在某个意外的日子……

艾尔文差点儿放了小嗝嗝，因为他感到太吃惊了。

艾尔文认为，人面临死亡时会乞求、哭泣、求饶。

他没有预料到这时候有人会唱歌，气氛好比大家正轻松地围坐在篝火边一样。

……我在去美洲的路上，

可是我在极点向左拐了个弯。

我还在下着雨的泥塘丢失了鞋，

我的心也陷进了洞里……

他们头顶上空的雷雨云十分阴郁，都快就变成蓝色的了，而闪电正在云层间炸裂开来。下面的火山不时地发出不祥的轰鸣声作为回应。这个小男孩的歌声就像是在试图安抚着上面的雷暴和下面的山险。

"你在干什么？"

艾尔文既有一种深深的挫败感又感到十分愤怒和惊讶。他犹豫不决地把暴风利刃高举过头顶。"你在唠唠叨叨地说些什么？你就要死在这儿啦，你这个笨蛋！"

在艾尔文的身后，正被灭绝龙的剑爪按在地上的卡米卡琪和鱼腿斯也加入了歌唱：

    ……我听说美洲的天空

    蔚蓝得让你难以置信，

    但是我的船在泥塘的岸边撞上了一块岩石。

    现在我再也不会离开……

艾尔文将暴风利刃向下挥去。他感到十分窝火，因为小嗝嗝马上就要死了，却还在快乐地歌唱而且玩得很高兴。小嗝嗝没有害怕，也并不孤单。

就在艾尔文将那把锋利到近乎邪恶的暴风利刃

我并非特意来到这儿……

我也并非特意要留下……

但是，我的心也陷进了洞里，

现在我再也不会离开！

向下挥去时……

嗖嗖嗖嗖嗖嗖！！！

　　一支白色羽箭伴着歌声在飞，行进的路线笔直又准确，穿过火山喷出的芥末味的黄浓烟，朝着艾尔文的上臂射过来。白羽箭深深地刺进了他柔弱的上臂肌肉里，他发出一声惨叫，松开了小嗝嗝。

　　维京孩子们纯净、清澈的歌声变得响亮起来，穿破了天空。

　　然后，又多了一个声音加入进来。

　　这个声音，音量很大，显得十分低沉，而且听上去相当难听，极其不着调。唱歌的人真假声互换着，音调忽高忽低，就像一只大乌鸦在闹脾气。

　　哦，天啊，小嗝嗝心想，虎莽豪侠被关在熔岩蛮岛的锻造监狱里时，嗓音一定是遭到了严重的破坏。

　　这声音听上去太糟糕了！

　　穿过火山喷出的浓浓烟雾，英雄虎莽豪侠骑着龙飞奔而来。

　　他挺直了身板，高挑地坐在白龙背上，然后扔掉了弓，拔出了剑。

　　他的左臂上正戴着艾尔文的手镯，一圈圈绕着他的手臂，发出亮闪闪的光芒。

　　"拿起武器，艾尔文，你这条阴险狡诈的蛇！"虎莽豪侠喊道。

　　艾尔文左顾右盼，看到虎莽豪侠骑着龙径直地朝他飞来。虎莽豪侠牢牢地将两把好剑——狂火剑和玄月剑举过头顶。

艾尔文顿时又惊又怕，高声喊道："灭绝龙！"

这只可怕的龙立刻将按着卡米卡琪和鱼腿斯的剑爪从地里抽了出来，向他的主人跳去。

艾尔文倾着身体，用牙齿把箭从手臂中拔了出来。

不幸的是，他的伤口并不深。尽管流了一点儿血，艾尔文还是跳上了灭绝龙的背，飞入了空中。

在火山上缭绕的烟雾中，两名勇士进行了首次面对面的交锋。艾尔文拉下了防火服上的面罩。这两只龙，一白，一黑，在含着硫黄的雾气中绕着彼此走了几圈，等待着战斗的开始，等待着攻击时刻的到来。

"好了，好了，虎莽豪侠，"艾尔文用甜言蜜语哄骗道，"别忘了，我是你的老朋友，大好人艾尔。你不会伤害一个像我这样的老朋友，对不对？"

可是，虎莽豪侠全身正**燃烧着正义的怒火。**

"朋友？哼！你从来没有送达过我的心形红宝石！你将它据为己有了！"

一时间，一束阳光刺穿了积雨云，责难似的在虎莽豪侠手镯上的红宝石上反射开来。

两个男人同时发出了令人胆寒的吼叫声，同时跳了起来。两位勇士的剑碰在一起，迸发出令人胆战的金属相撞的铿锵声——这是暴风利刃跟狂火剑之间的对决。

就在同一时刻，轰隆隆的雷声响了起来，天上的水闸门打开了，大雨倾盆而下。

鱼腿斯和卡米卡琪向小嗝嗝跑去，三个维京人围成一团，想努力看清天上正在发生什么事，而谁又将会赢得这场烟雾中的战争。

风行龙不知从哪里冒了出来，还把无牙丢到了小嗝嗝的头盔上。无牙倒挂着身体与小嗝嗝四目相对，它虽然很累却显得无比兴奋。

"瞧——瞧——瞧，我把虎莽豪侠带来了，无牙拯救了今天，无牙是英雄，无牙是英雄！"这只小龙欢欣地唱道，发出了像雄鸡打鸣一样的胜利欢呼。

"伙计们，"虎莽豪侠喊道，他转了一个圈，使出那招"格斗猛刺式"，同时对付灭绝龙的十只剑爪、暴风利刃和艾尔文的手臂末端的铁钩，**"别忘了远征的任务！"**

（这个忠告显得太过直白，但是请相信我，人在头脑发热的时候往往容易忘记到这儿来的最初目的。）

"你们现在就要到火山里去取火石，不然我们的努力全都白费了！"

"是的，你干得很好，无牙！可我们还没安全呢，"小嗝嗝虚弱不堪地说，他在努力寻找卡米卡琪放背心的地方，可是在这瓢泼大雨中**很难看得清楚**。"我们得把火石丢进火山里……"

"我想我把它放在那边了……"卡米卡琪模糊地指着右边的方向，不确定地说，"……或者是在别的什么地方……我不太记得了……老实说，我之前把东西放在这里了，然后……"

"不——不——不，你是对的！"无牙尖叫起来，激动得快要疯了，"现——现在如果无牙能拿到火——石……无牙能当一次英——英——英雄了。"

"不，无牙，等等，"小嗝嗝说着，紧紧地抓住无牙的一只腿，"我们会去做的，无牙，别担心，我们会去做的！"

可是虎莽豪侠的出现让无牙知道当一个大英雄是一件何等荣耀的事，这也冲昏了无牙的头脑。

"小嗝嗝不信——信——信任无牙，就是这样，对不对？"无牙暴躁地尖叫道，"无牙救——救——救了小嗝嗝的命，小嗝嗝还是想自己当英雄……可无牙现在也是个英雄了……无牙可以完全依靠自己来完成，你只——只——只要看着就好了……"

无牙弯下身子，啄了一下小嗝嗝的指关节，小嗝嗝疼得叫了一声，便松开了无牙的腿。无牙**张开翅膀**，冒着大雨向上飞冲去，小嗝嗝边追它边喊道：

"不！无牙！等等！"

无牙可以依靠
自己成为英雄

可是无牙没有听清最后这几句话，因为它在地上搜寻着火石。

"在这里的某个地方……某——某——某个地方……啊哈！"

这只小龙看到那件早已湿透了的背心正在泥地里，里边有一丝金光闪烁，离它不太远，它张开爪子猛扑了上去。

噼——噼——噼——噼——噼——噼——噼啪啪啪啪啪啪啪啪！！！

一道巨大的闪电刺穿了黑暗的天空。

接着，传来一阵阵震耳欲聋的轰鸣声，应该是雷声，应该是火山……

"伙计们！"虎莽豪侠向下喊道，猛地扑向谄媚的艾尔文，接连使出了"威厉髯须王格斗式""冲杀点将招""半守半攻式""致命双击"四种完全不同且难度极高的剑斗招式。"你们现在在下面干什么？你们真的、真的必须行动起来啦！"

无牙打开卷起的背心，把火石从里面拿了出来，牢牢地抓住了它。

然后，它转头向后看去。

小嗝嗝、鱼腿斯和卡

米卡琪正冒着滂
沱大雨冲下山坡
向它跑来，小嗝嗝
还在喊着："不！
无牙！我会做的！
这件事会——"

无牙轻轻地哼
了一声，摇了摇头。

"无牙要自己
做——做——做这件
事！"说着，它把抓在爪子里的火石向上提了提。

可是火石平滑的表面在暴雨中变得**非常湿滑**。无牙
锋利的小爪子此时的抓握力跟干燥时不能相比。

"好滑啊！"无牙抱怨道。

小嗝嗝、卡米卡琪和鱼腿斯及时赶到了放背心的地
方，他们能清楚地看到火石正从无牙那攥得紧紧的爪子
里滑出来，正沿着他们费了很大的劲儿才慢慢爬上来的
山腰处滚落下来。

"哎呀，"无牙内疚地尖叫道，"对——对——对不
起！我真是个黄油爪……别担心……别慌张……我——
我——我去捉住它……"

于是，无牙又向下俯冲下去，挡住了正努力从相反
方向去抓火石的卡米卡琪。

"到手啦！"卡米卡琪喊道，她就高兴了一秒钟，

无牙就撞上了她的脸，把沾满泥浆的金色火石从她的手指间撞了出去。

"你到底是帮哪一边的，无牙？"小嗝嗝号叫起来，他从四仰八叉倒在泥浆中的卡米卡琪和无牙的身边经过，追着滚动的火石狂奔。此刻火石向下滚动的速度更快了，在足以把人浑身浇透的滂沱大雨中欢快地跳下陡峭的斜坡。这时，闪电在它周围轰隆隆地**炸裂开来**。

它不停地滚啊滚啊，随着它一步步地翻滚，这次远征的成功也距离他们越来越远。

在上空中，奸诈的艾尔文虽然骑着一只实力超群的龙，可在剑斗中依然被英雄虎莽豪侠**彻底击溃**了。

虎莽豪侠已经把长矛刺进了灭绝龙的一颗心脏里。因为这只野兽还拥有另一颗心脏，所以还可以继续飞，可是它已经丧失了部分战斗力。是不是觉得很郁闷？

艾尔文准备要逃走了，如果有人知道在遭遇败局时该如何逃跑，这个人一定是奸诈的艾尔文。

可是当艾尔文往下看的时候，看到那颗金色的石头正滚下山，三个小孩和他们的龙追着这块石头爬上山，又滑下山，摔倒在山腰上。

艾尔文从快要遭遇的失败里看到了夺取胜利的一线生机。

虎莽豪侠感到很吃惊，因为灭绝龙向前冲到半路上时被艾尔文阻止了。（蛮族人都觉得在打斗中临阵退缩是他们所不齿的行为。）艾尔文调转了龙的前进方向，

猛烈地冲向翻滚着、奔跑着的孩子们和火石……

路面稍稍变得平缓了一些，所以火石滚动的速度也放慢了一点儿，在撞上了一块大岩石后突然停了下来。

风行龙先到了石头停止的地方，紧张地抬头看着小嗝嗝，等待着他发出指令。

"它停下来了!" 卡米卡琪一边拼命向下滑，一边松了口气向其

他人喊道。她心想，现在我们能拿到它了。

现在我们能拿到它了……

现在我们能拿到它了……

三只手同时伸向火石，然后……

"太迟了！" 艾尔文大喊道。他骑着灭绝龙向下猛扑过来，戴着防火服手套的手向下伸去，迅速地捡起火石把它带上了天。他怀着胜利的喜悦，以极快的速度越升越高。

"你们太迟了！你们再也没法阻止火山爆发了！"

他们确实太迟了。

灭绝龙的翅膀快速地扇动着，哪怕长矛已刺穿了它的一颗心脏，它向上飞冲的速度依然是白龙不能比的。

火山好像快要气炸了，发出了"嘶嘶"的声音和阵阵咆哮声，又像在发出警告一样。它愤怒地打了一个如雷贯耳的响嗝，在听得非常真切的隆隆巨响中，大地剧烈地震颤着，好比小嗝嗝的脚底下有海浪在翻腾。

卡米卡琪喊道："我们快离开这里吧！火山快要爆发了！"

可这并没有让小嗝嗝真的感到害怕。

风行龙用轻柔的声音，第一次对小嗝嗝说出了话。

"逃吧，"风行龙轻声说，"逃吧！"

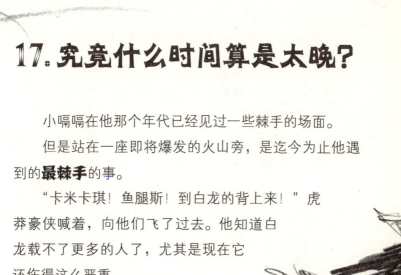

17. 究竟什么时间算是太晚?

　　小嗝嗝在他那个年代已经见过一些棘手的场面。

　　但是站在一座即将爆发的火山旁,是迄今为止他遇到的**最棘手**的事。

　　"卡米卡琪!鱼腿斯!到白龙的背上来!"虎莽豪侠喊着,向他们飞了过去。他知道白龙载不了更多的人了,尤其是现在它还伤得这么严重。

　　"你去骑风行龙行吗,小嗝嗝?"虎莽豪侠焦急地问。

"当然啦！"小嗝嗝其实并没有信心，"我之前骑过，对吧？"

随后，他想起了熔岩蛮岛的谜团，就是老威利在井底给他的那张纸条，现在正在他的口袋里放着。

他轻声地自言自语道：

"永远不会太晚。"

他转向无牙说道："无牙，我现在对你有信心了。现在还不算太晚，我不管你用什么方法，都要从艾尔文那里拿回火石，然后无论如何要把它扔进火山里，即使火山已经爆发！无牙，你一定要把它扔进去！"

小嗝嗝爬上风行龙的背，风行龙开始奔跑下山。

可怜的、受了伤的白龙拼命地想载着三个人飞起来。试到第三次时，它终于成功了，摇摇摆摆地飞到空中。

鱼腿斯把眼睛闭得紧紧的。这是他的第一次飞行经历，不得不说这次飞行不可能让他对飞行产生信心。我觉得他会把它描述成一场混乱。白龙向前飞了一会儿后，就像块石头一样往下坠落了二十多米，吓得鱼腿斯魂都掉了一半儿。

就在他们朝着停在海湾的"游隼号"小帆船飞行的时候，鱼腿斯呜咽着说："我们就要死了……"此时斯托伊克和大胸脯贝莎的船已经来到了"游隼号"的旁边。

"哦，别发牢骚了，"卡米卡琪打断他，"我更担心小嗝嗝。"虽然白龙飞得并不稳当，但它至少还是在飞，可风行龙的翅膀并没有强壮到能载着小嗝嗝起飞。卡米卡琪边说边凝视着风行龙向山下奔跑的小小身影。

小嗝嗝抱着风行龙那瘦成皮包骨头的脖子。

"跑，"他低声说，"拜托，跑，跑，跑！"

"扑——扑——扑——扑——跑啊！"无牙尖叫道，它怒火中烧地追着艾尔文，"跑，跑，扑——扑——跑啊！"

轰隆隆轰隆隆轰隆隆！！！

火山爆发了。

18. 有个问题很有趣：你能逃出正在爆发的火山吗？

有个问题很有趣。

你能逃出正在爆发的火山吗？

答案就是，如果你能在火山爆发的开始阶段幸存下来，那你就能逃出去，这取决于火山喷发的熔岩类型。

有些熔岩流得很慢，有些熔岩的流动则快得可怕。

简而言之，这取决于将要爆发的火山。

没有人事先知道这个火山喷出的熔岩类型，直到火山爆发的那一刻。

当这座特别的火山爆发时，整座山的上半部都掉了下来。一大片蘑菇云腾空而起，在湛蓝的天空中腾挪翻涌。整座贝客岛都晃动起来，大海也变得波涛汹涌。"游隼号""蓝鲸号"和"强力妈妈号"在巨浪中上下颠簸，也让待在这两艘船上的两位父母焦虑不已。

大块大块燃烧的山体**炸裂开来**飞入空中，然后如雨点般落到地上和海里。风行龙猛地刹住身体停了下来，因为一块燃烧中的巨大岩石一不小心就会把它们俩压得比两张纸还平。这块岩石就这样擦着风行龙颤动的鼻孔一闪而过，直接坠落在他们的眼前。

风行龙又继续往下跑，同时也躲避着从天上落下来的燃烧的岩石。此刻，它眼前是一大片灭绝龙蛋，铺成了一块巨大的地毯，它就这样踩着它们一路向大海跑去。

小嗝嗝回头望去。

燃烧的熔岩从火山口喷射而出，沿着山腰向下快速地流动着。

今天真不是小嗝嗝的幸运日。

当然，这取决于你看事情的角度，取决于你将半杯水视为"半个杯子是满的"还是"半个杯子是空的"。比如说，你可能会说小嗝嗝到现在为止还活着，他今天可真是幸运！

今天的运气终归不算太好，熔岩蛮岛上的熔岩属于流得极快的类型。致命的火热熔岩以七十英里的时速向下奔流，比人奔跑的速度快多了——可是它比风行龙跑得快吗？熔岩似乎已经赶上他们了。

"扑——扑——扑——跑跑跑跑跑啊啊啊啊！！！"小嗝嗝再次大喊道，好像已经竭尽全力跑得飞快的可怜的风行龙还需要别人敦促一样。风行龙一瘸一拐地拼命向前奔跑，耳朵被风吹得向后折起，鼻孔不断喷地出烟雾，嘴巴则**大口大口地喘着气**。

熔岩形成了恐怖的热气沸腾的亮红色熔岩流，奔腾着冲下火山。

而且，追赶他们的还不只是熔岩流。

到这里你也许觉得事情已经不可能变得更糟了——

可是事情一直以来总是会变得更糟。

熔岩一碰到灭绝龙蛋，它们马上就会孵化出来。

所以，成千上万只灭绝龙的雏龙从火热的熔岩流中**冒了出来**。

你也许会认为这些新生的野兽蜷缩着待在蛋里差不多两百年了，所以它们会睡意蒙眬，而且走起路来会摇摇晃晃。可事实并非如此，它们似乎已经被漫长的孵化

期给逼疯了，太急于脱身，也太渴望杀戮，哪怕在生命最初的那十几秒钟也是如此。

它们从熔岩浆中跳出来的时候，身体仍然像怒火中烧的风火轮一样蜷成一团，跳到半空中经过一阵火山喷出的小火花的洗礼之后才会展开身体，抖掉翅膀上的熔岩。

这群食肉动物的眼睛猛地一睁开，首先看到的就是艾尔文。他正在爆发的火山顶上**盘旋**，手中握着可怕的金光灿灿的火石。

在过去三个月中，它们都被困在蛋里，向上看着遍布全岛的艾尔文的大雕像。

现在它们看到了这张活生生的脸就在眼前，还骑着一只它们的同伴。这张脸还扯开喉咙大声喊道："追他们！！！"随后，艾尔文用可怕的铜红色剑指着吓得瑟瑟发抖的小嗝嗝和风行龙。小嗝嗝和风行龙正在试图逃离熔岩的追踪，就像狐狸努力逃脱猎人的追捕一样。

灭绝龙不需要更多的煽动。古老的记忆在它们的小脑袋里搅动。它们知道眼前的是什么东西。

这是猎物。

它们的十只剑爪像弹簧刀一样从趾头末端弹出来。这些灭绝龙的雏龙们**厉声尖叫着**，怒气让它们全身的毛发都竖了起来。它们纷纷起飞，火急火燎地追赶那个逃跑的维京人和他的龙。

187

熔岩流继续向下猛冲，离他们越来越近，越来越近，终于追上了小嗝嗝。

在几千只灭绝龙的簇拥下，艾尔文和灭绝龙也飞了下来。这些灭绝龙就好像一大群杀气腾腾的蝙蝠。

小嗝嗝记得虎莽豪侠跟他说过灭绝龙的事。它们会攻击所有的东西，它们还会向每一棵草、每一个灌木丛、每一棵树喷火，因此方圆数百里内绝无任何活物。

就算他们能够幸存下来（在这种非常时刻，这好像不大可能），远征本身也已经失败了。

因为他们毕竟没能拯救整个蛮族群岛。

火山已经爆发了，没人能把灭绝龙再放回到蛋里去。妖怪已经从瓶子里出来了，灾难已经开始扩散了。整个蛮族群岛将会在几周之内被烧成一片焦土。

当瓢泼大雨碰到奔流的灼热熔岩时，大团大团的蒸汽**"滋滋滋"**地升入空中。

"别摔倒……别摔倒！"全身湿透的小嗝嗝祈祷道，他正骑在风行龙的背上狂奔下山。

"别——别——别慌张！别——别——别慌张！"无牙喃喃自语道，它从上头靠近骑着灭绝龙的艾尔文时，慌张得快不行了。艾尔文则自信满满地把火石举过头顶，这样，灭绝龙雏龙能清楚地看到它。

"小——小——小嗝嗝交给无牙这个任——任——任务，因为他信——信——信任无牙……无牙不会再犯错了，"无牙给自己加油鼓劲，祈祷灭绝龙在大雨中不会闻到它。"无牙要抓——抓——抓住这次机会……抓住……"无牙一边练习着用小爪子抓握，一边往下飞向诱人的金色小球。

无牙猛扑过去，好像在捕一只美味可口的肥兔子。

它的爪子罩住了火石。爪子收拢了……抓住了！

艾尔文恐惧地尖叫起来，因为当他的手抓紧时，他发现手里已空无一物。

他着急地东张西望，但是四周烟雾缭绕，大雨滂沱，电闪雷鸣，所以他看不到自己被什么东西攻击了。

他的宝贝弄丢了。

无牙的爪子抓得紧紧的。艾尔文压根儿也想不到，无牙正勇敢地直接俯冲到爆发的火山口处，把火石扔了下去。

这块美丽的石头正在向下坠，向下坠，像一滴炙热的金色眼泪，刚好掉进沸腾的熔岩源头。

接着无牙又继续向上飞去，躲进了烟雾里，因为它太害怕灭绝龙了，所以藏着不敢出来。

许多双不敢相信的眼睛正望着这件天意一般的的事

情在他们眼前发生。这就像是某出盛大的宇宙戏剧中的一幕场景。巨大的雷雨云在天上炸裂开来。大雨倾盆而下，落入黑色的洋流中。闪电猛烈地劈闪着，刺进了正在爆发的火山里。

卡米卡琪、鱼腿斯和虎莽豪侠骑着白龙下到海湾的时候，正好看到了这一切。

斯托伊克站在"蓝鲸号"的甲板上看着。这艘船冒着瓢泼大雨前来是为了救人，可是来得有点儿太晚了。他现在离熔岩蛮岛够近了，刚好可以看清一个小小的黑色人影被熔岩追着狂奔，还骑着一只一瘸一拐的龙，这样子熟悉得让人害怕。

"那个不是……小嗝嗝，对吧？"他斜着眼睛看着火山，不确定地说，"那个人千万不要是小嗝嗝……"

"我想应该是。"他身旁全身被淋得湿透的鼻涕粗偷笑着说。

成百上千的毛霍里根人在毛霍里根的船上看着，还有上千名沼泽盗客，因为大胸脯贝莎也驾着"强力妈妈号"来找她的女儿。

"熔岩就快要追上他们了。"鱼腿斯伤心地说。

这幅景象十分壮观，好像是观众正在观看某种原始神的狩猎。小嗝嗝和风行龙那小小的身影像是害怕的狐狸一样在逃跑，而边怒号边追逐他们的熔岩流和艾尔文则像某种**暗黑之神**。那些尖叫着的灭绝龙也离他们越来越近，越来越近。

第一股奔涌着的沸腾熔岩终于追上了风行龙。

它并没有伤害到风行龙，我们都知道，龙的皮肤是防火的。

可是，有一丁点儿灼热的岩浆溅到了小嗝嗝的脚后跟上，他疼得大叫起来。这叫声刺激到了风行龙，它没有意识到自己的速度变了，便飞快地跑起来，快得连心脏都快要蹦出来了。

还要跑完最后的四分之一的山路。

"完了，我不忍心再看下去了。"鱼腿斯闭上了眼睛。

"我打算站在你的背上，风行龙！"小嗝嗝低声说道。

于是，小嗝嗝**颤颤巍巍**地站起来，直挺挺地立在风行龙的背上。

"好，"小嗝嗝回头看去，说道，"准备迎接挑战……"

熔岩从风行龙的脚下漫上来，漫到了风行龙的胸口。风行；龙在岩浆中穿行就像在水流中一样，它把翅膀展开，好让身体不被熔岩完全没过。

"哦，看在上帝的分上，"卡米卡琪倒吸了口冷气，"你可以睁开眼看了，鱼腿斯，看，我从来没有见过这种场面，太难以置信了！"

"感谢伟大的奥丁神的胡子和胳肢窝毛！"大块头斯托伊克惊讶地喊道。

"我不敢相信……"鼻涕粗伤心地说，"他是怎么

做到的？"

　　小嗝嗝·霍兰德斯·黑
线鳕三世半蹲着，双臂展开，就
像是在熔岩流中冲浪一样。

　　他把风行龙当做冲浪板，在火热的熔岩流
中向下冲去，就像一个站在陈年浮木上、在长滩岛的海
中乘风破浪的水手一样。（不过他的水平可要高得多，
当洋流的温度高达七百五十摄氏度时，绝对会影响到一
个人保持平衡的能力。）

　　最终，这不可思议的冲浪之旅让他们走完了最后
三百米的山路。

　　就在他们到达海边悬崖的时候，风行龙猛地刹住身
体，后腿用力，一跃而起，载着他向前冲去，这样他们
才不会被从悬崖边上流出的熔岩淋到。

小嗝嗝毕生都在做类似的跳跃——信仰的跳跃、希望的跳跃、进入未知世界的跳跃。小嗝嗝总是笃信自己的好运。他相信这个宇宙终究是个友善的好蛋，正如斯托伊克所说的那样，这个宇宙并不是个坏蛋，总会有援手伸出来拯救他。

不过，这次却是一次**极端绝望的跳跃**。

风行龙跳离了悬崖边，它这一跳带他们脱离了正在坠落的熔岩之后，他们就迅速向下坠落。风行龙展开翅膀想阻止坠落，可是它的翅膀还不够强壮有力。瞬间，他们就像把雨伞一样，被强风吹得身体鼓鼓的。

风行龙和小嗝嗝像石头一样沉到了海底。

落入冰冷的海水这一跳是个可怕的提醒，也许，只是也许，这个宇宙根本就不是什么讨人喜欢的好蛋。他们跳进大海的速度非常快，所以就像撞进了一面冰墙。小嗝嗝在沉入海浪里时想，也许这就是现实，真是冷得残酷，冷得漠然，冷得让人心跳停止。

当他破水而出，大口大口地喘着气时，发现了一个更为冷酷的现实——黑压压的一大片灭绝龙包围了他们。一片云刚好在天空中穿行，遮盖了天空原本的蔚蓝色。

当这片云看到两个小脑袋再次冒出到水面时，发出了一声邪恶又高兴的尖叫。

"他在那儿！"艾尔文喊道，他的眼睛闪烁着残忍的快乐，他赶紧调转灭绝龙的方向，进行最后的一击。"抓住他他他他他他他他他他他他！！！"

熔岩从悬崖边流出来，落入了海里，海面上"嘶嘶"作响，冒起了浓烈的烟雾。灭绝龙长得像鸟嘴一样的脑袋朝下看，在暴风雨中向大海俯冲而去。它们伸出剑爪，似乎要摧毁这一切。

刺骨的寒冷让小嗝嗝全身都麻木了。看见灭绝龙跳下来的时候，小嗝嗝心想，这就是我的结局了，现在什么也救不了我们了。

轰隆隆轰隆隆轰隆隆！！！

火山第二次爆发了。

19. 另一个有趣的问题: 宇宙是个好蛋还是个坏蛋呢?

灭绝龙跳到一半的时候停住了，因为它们周围的大海、天空和岛屿都在拼命地咆哮。

这次爆发不同于第一次。

这一次，火山的热浪孵化了火石。

这是火石的诸多秘密之一，是小嗝嗝从老威利的谜团那里悟出的（我相信你们这些聪明的读者也猜到了）。也就是说，那根本就不是块石头。

它是个蛋，是个极其罕见的火龙蛋。火龙之所以极其罕见，其中一个原因是它们孵化所需要的条件实在太苛刻了，几乎不可能满足。

因为火龙蛋只能在一座正在爆发的火山的热气和狂流中才能孵化，但同时也会释放出阻止火山爆发的化学物质。

首先，你得想象一下火龙蛋大得有多不可思议。

其次，你得想象一下如此庞大的身体蜷缩起来被包在一个不比人头大的蛋里。

那就是火龙蛋。

这个火龙蛋的蛋壳由一种特别特别厚实的材料构成，只有高达七百五十摄氏度的温度才能熔化它们或让它们破裂。一般来说，火龙蛋被放在火山口上半部的隐匿处，那里的温度从来没有高到足以孵化它。

可是如果火山口上半部倒塌了（或者像这次一样被炸飞了），然后进入火山的心脏，沉入熔化的深深的岩浆中，那么这样的热气就足以让那坚硬得不可思议的蛋壳破裂。

这个过程大约要花费六到七分钟的时间，跟平常你煮熟一个鸡蛋的时间差不多。

然后，当蛋壳裂开时，压缩在一个针眼儿大小的空间里的所有能量**突然一瞬间释放了**。火龙以一股难以名状的巨大能量向外炸裂蛋壳，喷射而出，就像某种迷你版的宇宙大爆炸一样。

灭绝龙、维京人、小嗝嗝和无牙所看到的是火山口喷出个东西，这个东西向上冲得很高，看起来好像快要碰到星星了。

在下面"蓝鲸号"的甲板上，斯托伊克举起一只手遮住刺眼的阳光，因为看这个东西有点儿像在看太阳，眼睛会觉得疼。

"那是什么？"斯托伊克惊讶地问。

虎莽豪侠、卡米卡琪和鱼腿斯安全地降落在"游隼号"的甲板上，他们已经把害怕抛在脑后，只是吃惊地仰头望着这幅既壮丽又吓人的景象。

从火山中喷射而出的那个东西看上去是一只完全由火构成的龙。

当然啦，那不可能，不过看上去就是那样子：闪闪发光的肌肉和火焰形成的龙鳞，燃烧的爪子和灼热的牙齿。

它那炽热的大脑袋向后一仰，发出一声**剧烈的咆哮**，霎时间**响彻全岛**，甚至传到了数英里以外的那些逃跑的维京人颤抖的耳朵中。他们静静地站在摇晃不已的船的甲板上看着地平线上发生的这一切，而暴雨早已把他们浇成了落汤鸡。

火龙熊熊燃烧的金红色的眼睛望向地面，目光聚焦在灭绝龙身上。黑压压的一大群灭绝龙在它的下方被吓得瑟瑟发抖。

火龙看着灭绝龙，就像猎人看见了猎物。

这一点，灭绝龙也知道。

一分钟之前，它们还是猎人，伸出贪婪的爪子飞扑向小嗝嗝。一分钟之后，它们四周已经天旋地转、晃动不已，好像神灵突然重新摇过色子一样。现在世界已经停止了震动，它们也瞬间变成了猎物。

说起观看在蓝天上演出的这幕千年未见的大戏，维京人现在处于特别有利的位置。这幕戏戏剧性地证明了小嗝嗝一直相当笃信的大自然的微妙平衡。

这幕戏以狂虐至极的暴风骤雨为背景，托尔神从蓝黑色的云层中发出滚滚巨雷，白色的片状闪电发出的强光不时地闪耀着，作为这幕戏的灯光，它一闪而逝之后，四周又恢复了黑暗。

小嗝嗝背靠着冰冷刺骨的大海，一边漂浮着，一边观赏着战斗。空中发生的激战在小嗝嗝看来，就像一群鱼被一只强大的鲸鱼困在一个防潮港湾里。

灭绝龙发出了刺耳的尖叫声，慌乱地、极速地向上飞冲，冲破了疾风骤雨做的天空表层。

它们四处逃窜，庞大的逃命队伍冲入苍穹，为躲避闪电，时而分散，时而聚集，涌向天边的每一个缝隙和角落。

不过，无论它们飞得多快或多远，都逃不出火龙的手掌心。

火龙从未离开过火山顶。

它伸出两只巨大的手臂，上面的火焰往上蹿起，看上去像是两棵被雨淋湿的火树。它用手捞起一大把灭绝龙，把这些吵吵嚷嚷的**开胃小菜**塞进它灼热的喉咙里。

火龙就像猫逗老鼠一样戏耍它们，先让它们自以为已经成功逃脱，然后再用灼热的舌头追上它们。

火龙将几千只拼命挣扎的灭绝龙从烟雾中的藏匿处抓出来，扔进它燃烧的嘴巴里，心满意足地"**嘎嘣嘎嘣**"咀嚼着它们……

直到剩下最后一只灭绝龙，这只灭绝龙在天空中迂回地穿行，像一个发了疯的蓝色瓶子。

这就是艾尔文所骑的那只灭绝龙。

"你还会再见到我的，小嗝嗝·霍兰德斯·黑线鳕三——三——三世！"奸诈的艾尔文喊道（可是他离得太远了，小嗝嗝没有听清）。

稍后，火龙用两只优美的燃烧的手指捻起艾尔文骑行的那只胸口插着一支长矛的灭绝龙，看起来就像是用筷子夹起一只蠕动的虫子似的，把它送进了喉咙里。

维京人都屏住了呼吸。

他们会是下一个吗？

并不是这样的，火龙已经高度进化到只吃灭绝龙了。

最后，火龙发出一声胜利的咆哮，高唱了一首心满意足的猎食之歌。

然后，它向空中跃起，又向下俯冲，进入了火山口。它那巨大的尾巴摆动着，把新流出来的熔岩甩得火山顶

和火山底到处都是。

向下游，向下游，谁知道它游到了哪里？

游到了地球的中心？

我在脑海中想象着那幅画面，它就像只海豚一样快乐自由地在那片燃烧的水域中游动。

天空中出现了最后两道闪电和两声雷鸣，雷声比之前的更为响亮，轰隆隆地剧烈地回响着，然后渐渐地变得越来越小。

之后，四下陷入了一片祥和的宁静。

危险已经结束了。

火山还在喷射熔岩，不过现在熔岩移动的速度慢多了。

暴风雨也逐渐减弱了，先前是瓢泼大雨，之后又变成了淅淅沥沥的小雨，最后彻底停止了，只有风携带着零星的雨滴。

甚至连艾尔文也一定会发现，要穿过火海从地球的核心向上游到安全的地方是十分艰难的。

暴风雨向内陆转移了，太阳钻出了云层，炎热的奇怪天气终于结束了。这个太阳跟过去三个月来无情地照耀着蛮族群岛那个太阳截然不同。这是个善良、温和的太阳，伴随着温柔吹送的凉爽清风。

一排排维京人看到他们的船向南驶去，个个赞叹不已。有一个人带头鼓起了掌，很快，所有的人都鼓掌叫好，好像他们之前一直在看的是某出伟大的戏剧。

"太好了！"呆头魔格东大声喊道，他在船的甲板上使劲地跺脚，"太好了！"其他的维京人在他的带领下也鼓掌欢呼，准备好要再次起航回家，回到他们那个既安全又宁静的岛屿上的小家，那个被这次奇迹拯救了的小家。

"他还活着！"大块头斯托伊克喊道，他拥抱着离他最近的东西，恰好是他那位讨人厌的侄子——鼻涕脸鼻涕粗。**"他还活着！"**

"是的，我有这种感觉，他可能还活着，"鼻涕脸鼻涕粗咬牙切齿地说，"这真是个好消息！"

20. 当全剧终了时

　　卡米卡琪、虎莽豪侠和鱼腿斯不得不驾着"游隼号"穿过海湾来接小嗝嗝。这一次，斯托伊克驾着"蓝鲸号"跟在旁边，大胸脯贝莎也驾着"强力妈妈号"跟来了。风行龙飞到前面为大家带路，因为他们不可能轻易在这片波涛汹涌的大海上找到一个歪着身体漂在上面的小头盔。这片海域被火山爆发引起的震颤激起了滔天巨浪。

　　他们都极为担心，因为贝客岛周围的海洋极为寒冷，如果小嗝嗝在冰冻的海水中待得太久，完全有可能被冻死。

　　事实上，小嗝嗝没有事。火红的熔岩正从悬崖上倾泻下来，很快就把海湾那片浅水烘热了，所以在其中游泳真的很舒服。

　　小嗝嗝平静地仰面躺在上面，等待救援，身体随着热水的波动上下浮动。他一边仰望着蓝色的天空，一边想着活着真是太美妙了。

　　无牙一直藏在高处，在火山喷出的芥末黄色的烟雾中，它从藏身之处——漂浮的云朵里向外张望，吓得胆都快破了。

　　不过它感到很满意，因为它发现灭绝龙已经被消灭了，火龙则是无害的，而且也已经消失了。它像只绿蝴蝶一样扇着翅膀"嗖嗖"飞下了海湾，最早在那里发现

了小嗝嗝。小嗝嗝正平静地躺在水中轻轻地转圈。

"无牙把火石扔——扔——扔进火山里了！"无牙结结巴巴地说，它落在小嗝嗝的下巴上给了他一个可爱的惊喜。"完全靠自己！"

小嗝嗝从不速之客突然到来的震惊中恢复过来，还咳出了些海水。他用手抚摸着无牙的背，无牙则用分叉的小舌头舔他的脸。

"你，"小嗝嗝说，此时他们俩正轻轻地转着圈，仰望着天空，"是个大英雄，无牙！"

无牙抬起头，发出了像公鸡打鸣似的"**喔喔喔**"的胜利叫声。

就这样，当其他人最后把小嗝嗝救出来时，他显得既平静又放松。

"你受伤了吗？"斯托伊克焦急地问。

"没有，"小嗝嗝微笑着说，"我的脚后跟受伤了，仅此而已。"

"感谢托尔神！"斯托伊克喊道。接着，他发出了一声骄傲的咆哮，用毛茸茸的手臂牢牢地将小嗝嗝抱得气都喘不上来了。"我的儿子啊！很抱歉我竟然怀疑你！我们没有害你被那个什么灭绝玩意儿伤害到吧？没有，感谢奥丁神和芙蕾雅女神可爱的胳肢窝，我们打败了那什么小小灭绝玩意儿，它们都还不知道是什么打败了它们。是你身上那种霍兰德斯·黑线鳕的精神——**永不屈服！**感谢托尔神的大腿，我们没有屈服。我迫不及待想告诉瓦哈拉腊玛……虎莽豪侠，我必须承认，我欠你个大大的人情。"

他笑了，只是很勉强地冲着那个非常完美的大英雄一笑。虎莽豪侠浑身血迹但是心满意足地坐在甲板上。

"我请你担任小嗝嗝的保镖师真是个很棒的主意！"

虎莽豪侠看起来很开心，比小嗝嗝之前见过的他的快乐模样显得更高兴。他的肩头像是卸下了一个千斤重担。他向上拉起防火服的头盔，拨了拨有点稀薄但依然英俊的金色头发。

"噢，我已经忘了远征的乐趣，我在那儿玩得真的很开心。"大英雄虎莽豪侠轻松灿烂地笑道，"考虑到我已经有十五年没干过什么英雄伟业了，所以我想这次我的表现还不算太糟，一点儿雕虫小技，不过总的来说效果不差……"

"你真是太棒了！" 小嗝嗝的崇敬之情溢于言表，"太惊人了！太有才了！"

大块头斯托伊克胡子后面的笑容僵住了。不过他不得不承认是那个家伙救了小嗝嗝的命。不管个人观点如何，首领应该说话算话。"你的保镖工作干得不错，虎莽豪侠。你应当得到应有的奖赏。我拥有的所有东西都是你的，任何东西，虎莽豪侠，只要你开口说一声……"

"噢，你真是太好了！"虎莽豪侠说，"如果你坚持要奖赏我的话，我只想从你那里得到一件东西，斯托伊克。"

"是什么？"斯托伊克说。

"你的船——'游隼号'。"虎莽豪侠说道，"我打算开始新的人生，就从此时此地开始。我所需要的就是一艘像这样的快船，这样我就能尽快离开这里。"

"你确定吗？"斯托伊克问。他此时的感觉是五味杂陈：一方面，他暗中对这位魅力四射到令人气恼的虎莽豪侠不会留下来感到如释重负；另一方面，"游隼号"显然是他最心爱的船。

"我很确定，"虎莽豪侠坚定地说，"如果你打算开始新的人生，你可能也不愿多等一秒。"

虎莽豪侠冲着小嗝嗝笑了笑，拍了拍他的肩膀。

"谢谢你，小嗝嗝，"虎莽豪侠说道，"谢谢你帮我找回了宝石。过去，它对我有非凡的意义，不过现在我要展望未来了，所以我希望把它交给你。"

他弯下身子，把戴在胳膊上那个镶着红宝石的手镯脱下来，递给小嗝嗝。

"我又要重新操持起英雄伟业了！"他说着，开心地挥舞着手中的剑，像玩杂耍一样用斧头挑动着它转圈，又把它放在一根指头上立住，然后将它收回到剑鞘里。"我都快忘记它的感觉有多好了！"

虎莽豪侠**深深地呼吸了**一大口新鲜空气。

"我必须要说，"虎莽豪侠说，"今天真是个开始新的人生的大好日子！"

虎莽豪侠在"游隼号"上隔着远远的一片海对"蓝鲸号"上的人呼喊。他已经走得太远了，小嗝嗝只能听到他的说话声却看不见他的人影了。

"代我问候你的母亲，小嗝嗝！"

小嗝嗝大声回应说他会的。

"谢谢你帮我找回我的天赋！"

"你的天赋？"小嗝嗝喊回去。

"唱歌！"虎莽豪侠说，"能够重拾音乐真是太开心了！"

然后，虎莽豪侠开始了歌唱。

他唱的不是小嗝嗝的母亲对儿时的小嗝嗝所唱的歌。

这是首新歌。

虎莽豪侠高挺着胸膛开始认真地歌唱，他扯开嗓子用最大音量高唱，却完全不在调上，倒像是两只疣猪在激烈地争吵。

英雄不害怕冬天狂虐的风暴，
因为他会骑着风暴飞速行进。
我们也许会一无所有，
也许还会心碎，
可是，
英雄将会战斗到永远！

小嗝嗝、无牙、卡米卡琪、鱼腿斯和风行龙之前都领略过虎莽豪侠荒诞的歌唱水平，所以在他开唱之前，他们五个都用手或者翅膀捂住了耳朵。

但是，这对大块头斯托伊克来说这是件新鲜事。

他吃惊得张大嘴巴听了几分钟。

然后，他咧开嘴露出了大大的笑容。

这真是一个令人振奋的惊喜！

看上去，虎莽豪侠也并非每件事都拿手。

"哇，"斯托伊克满意地搓着两只手说，"孩子们，我想我们可以比他唱得好，是不是啊？"

"我们当然可以啦！"戈伯喊道。啤酒肚懒汉喊道："那还用说！"傻拳诺布雷则喊道："有人不可以吗？"

"现在大家一起唱！"斯托伊克喊道。

整个部落的人都把手放在胸口，一起高唱心声，这深邃、和谐的歌声缭绕在这个宁静的下午：

举起你的剑跟狂风搏斗吧！
乘着辽阔的大海，因为海浪就是你的家。
冬天也许会把身体冻僵，可我们的心却鲜活。
毛霍里根人啊……坚强的心……永在！！！

"蓝鲸号"载着斯托伊克、鱼腿斯、小嗝嗝、无牙、风行龙以及毛霍里根的士兵们，调转船头向东行进。

他们在阳光的照耀下一路驶向小贝客岛。这座不太引人注意的小岛既狭小又宁静，而且常年下雨。不过，只要大长毛巴顿的鞋还被埋在那座岛上，毛霍里根族就会待在那里。

有人也在歌唱着呼应他们的歌声，那是"强力妈妈号"上的沼泽盗客族士兵们、卡米卡琪，还有大胸脯贝莎。这艘船正朝着南边的沼泽盗客领地行驶，他们离"蓝鲸号"越来越远，在毛霍里根人的眼中也**越来越小**。

强大是用来形容无所畏惧、踏平艰险的野兽，
形容能将风扼杀的大辫子女强人，
还有沼泽盗客们灵巧的手指，
沼泽盗客们……站出来……并肩战斗！！！

小嗝嗝没有参加合唱。他站在"蓝鲸号"的甲板上，无牙伏在他的头上睡着了，风行龙则趴在他的身边。他

看着"游隼号"渐渐变成一个小点，在视线中变得越来越小，向西边、向新大陆、新的冒险、新的宏图壮举和英雄伟业驶去。小嗝嗝肯定自己会在将来某个时刻听到虎莽豪侠的这些故事。

甚至当"游隼号"的身影已变成地平线上一个移动的小黑点时，小嗝嗝依然很高兴能听到虎莽豪侠那微弱的变调的歌声：

英雄不害怕冬天狂虐的风暴，
因为他会骑着风暴飞速行进。
我们也许会一无所有，
也许还会心碎。
可是，
英雄将会**战斗到永远**！

虎莽豪侠又重新回到了英雄的征战中。

洞中的老人

几个小时之后，一个老人正坐在他自己挖的洞里。

他已经听到遥远的地方火山爆发的声音，他还听到了远处那狂风暴雨大作的声音，不过他当然没有看到发生了什么事情。

他在黑暗里枯坐着，祈祷着这一切安然无恙。

拜托啦，让这一切**安然无恙**吧……拜托啦，让这一切安然无恙吧……拜托啦，让这一切安然无恙吧……

他静静地坐了四个小时。

之后，让他感到如释重负的是，一个笑眯眯的男人和一个笑眯眯的男孩把脑袋探进了那个暗无天日的井里。

男孩说："你现在可以上来啦，外公。我告诉过你，我会让一切安然无恙的。"

"我知道你会的，"老人说，他终于可以说了，"至少……我想我是知道的……"

男孩扶着老人攀爬着楼梯。老人终于可以走出井外，**重见天日**了。

小嗝嗝的收场白

人类的心不是石头做的。

感谢托尔神。

人类的心会受伤，会治愈，然后再次受伤。

我从来没有跟我母亲提过虎莽豪侠，她也一次都没有提过他的名字。

她从远征归来的时候，我非常仔细地观察过她。我的父亲围着她团团转，兴奋地聊着在火山上发生的所有事，说蛮族群岛差点儿就从地球上消失了，都要怪"那些凶猛的灭绝玩意儿，大家为什么这么叫它们？我亲爱的瓦丽啊！**哦，我的天啊！** 要是有你帮忙，我们早就干掉它们啦！不过，我们谨记你一直在说的话：永不屈服！我们没有屈服，是不是，小嗝嗝"？

我的父亲提到大英雄虎莽豪侠，说他消失多年，大家都以为他已经死了，可他竟不知从哪里冒了出来，恰好在关键时刻救了她唯一的儿子一命。听到这里，母亲迅速弯下身体去调整她盔甲上的腿绳。

她这个姿势维持了好一会儿，好让她调整那些腿绳。当她又直起身体的时候，她的脸虽然有点红，却极为冷静，她冲我的父亲微笑，吻了吻他的脸颊，说道："你说得很对，斯托伊克，我亲爱的！我们能进去吃晚饭了吗？"

许多许多年以前，虎莽豪侠没能从远征中归来，没人知道她是怎么想的，也没人知道她以前是不是常常向窗外张望，望着远处的大海，盼啊盼，等啊等，等着他驾船回到她身边。

他没有回来过。

许多许多年以后，我已经长成一个高大的成年人，而我的母亲也已经是一个老妇人。可她依然爬上她的坐骑龙，准备好要奔赴下一场远征。现在对于她来说，远征的难度有点儿大，因为她已经做了祖母，可是她还是坚持全身都穿上盔甲。

她在龙背上**摇摇晃晃**，骨头的关节发出可怕的"咔嚓"声，两个可怜的士兵试着去扶她，却被她喝止住了，"我不需要你们帮忙，我一个人完全有能力爬上去。"

我是在做梦吗？我看到她**颤颤巍巍**地爬了上去，有件东西从她的脖子上松开了，掉了出来，好像发出了耀眼的太阳光。难道它里面注入了一丝阳光，它向我眨了眨眼，微微的红色光芒一闪而过？

我想我是看到了心形红宝石，穿在一条精美的金色项链中，戴在她的脖子上。

我只看到了它一秒钟，她平时防卫得紧紧的心就闪动了这么一下，因为她一在龙背上坐稳，就马上捡起这个东西，把它塞回到盔甲里去。

然后，她拉下了面罩，所以，没人能看到她那张布满皱纹的老妇人的脸。你所能看到的是她那双望着外面的眼睛。那双眼睛没有因为岁月的摧磨而变老，它们就像许多年前向外张望着虎莽豪侠的那双眼睛一样湛蓝，一样炯炯有神。

"驾！"我的母亲浑身洋溢着青春的激情，她一边高喊，一边憧憬着接下来这场远征的乐趣，然后用脚后跟踢了一下龙的侧身，就飞上了云霄。

我目送着她离开，一个全副武装、身材高大的人直挺挺地坐在龙背上，白头发在她的头盔下飘动，而她的手牢牢地握着剑。她的身影越变越小，直到彻底消失在云端，我只听到风捎来的她最后一次呼号的回音：

"开战！"

我再也没有见过她。

就在那天下午，她牺牲在了战场上，终年七十六岁，这个年纪她依然在战斗。

她是个伟大的英雄，我的母亲。

龙手镯

　　我把母亲那半颗心形红宝石镶进了手镯上那只龙的另一只眼睛里。所以，现在这颗宝石的两半又聚在了一起。

　　我确实想过，我是否应该戴上这件已经被艾尔文戴了很长时间的东西。

　　不过之后我觉得，我的命运和艾尔文的命运如此相互交缠，无尽的错综又复杂，根本不可能将它们分开。

　　如果艾尔文没有偷走虎莽豪侠的心形红宝石，瓦哈拉腊玛和虎莽豪侠就不会心碎。

　　我母亲也就永远不会嫁给我父亲。

　　而我，小嗝嗝，作为一场意外，就永远不会出生。

　　然而，因为这次奇怪的出人意料的命运转折，我，小嗝嗝，刚好就成了艾尔文的报应。所以，正是艾尔文的诸多恶行导致了他的毁灭。

　　你现在明白善恶是如何交缠了吗？

　　就像一只金色的龙手镯亮闪闪地在一个人的手臂上蜿蜒一样。

　　因为错放的热爱和感激，虎莽豪侠在熔岩蛮岛那座噩梦般的锻造监狱里精心打造了这个龙手镯，相对于唱歌而言，他锻造的技术可精湛得多。

　　它绕着我的手臂，亮晶晶的翅膀向后收起，就好像要展翅高飞一样。现在红宝石眼睛被嵌进了金子眼窝里，所以你看不到它们的眼泪了，因为这双眼睛像是在笑而不是在哭。

　　它一直提醒着我，即使人处在最灰暗的时期，也能够创造出美丽的事物。

　　从此以后的每一天，我都戴着这个手镯。

　　　　当然啦，当然啦，
　　这应该是我们最后一次看到奸诈的艾尔文了，对吧？

　　　　难道连艾尔文也不能穿过
　　　　燃烧的海洋从地球的中心
　　　　活着游回来吗？

　　　　又或者，他能做到？

　　　　我有种很有意思的想法，
　　　我觉得我们也许还能看到这个
　　　　打不败的坏蛋……

　　　敬请期待下一卷小嗝嗝回忆录……

你有没有浏览或关注过有关"驯龙高手"的网站或者微信、微博？在那里你能了解到更多、更有趣的关于小嗝嗝和他的龙的故事，并能与很多喜欢"驯龙高手"丛书的小朋友交换意见，结为朋友。怎么样，是不是也想成为小嗝嗝那样的英雄？那就赶紧行动吧！

◆敬请关注新浪微博"驯龙高手骑士团"并成
为其中的一员。

◆你也可以查找并添加我们的公共微信服务平
台：xlgs_2014，随时随地获得"驯龙高手"
的最新信息。（二维码见封底）

◆如果你对本书有什么意见，可以随时给我们
发送电子邮件，我们会及时回复！
E-mail:xunlonggaoshou2014@126.com

龙卡片收藏

世界上存在着千奇百怪的龙，它们形态各异，大小不一，凶狠程度也各不相同。相较之下，对面单子中列出的这些龙较为罕见。

收集龙卡片，建立你自己的猛龙部队，就在"驯龙高手"系列每本书的最后一页，画出对面的单子里你已经搜集到或者了解过的龙。

你全都收集到了吗?

- ❏ 布谷龙
- ❏ 暗语龙
- ❏ 致命纳得龙
- ❏ 钻孔龙
- ❏ 八腿血战龙
- ❏ 电粘龙
- ❏ 喷火龙
- ❏ 海豚龙
- ❏ 哥伦寇
- ❏ 飞猪龙
- ❏ 恐怖龙
- ❏ 长耳看护龙
- ❏ 情绪龙
- ❏ 小小龙
- ❏ 投毒龙
- ❏ 剧毒胡扯龙
- ❏ 北极龙
- ❏ 松针龙
- ❏ 猛舌龙
- ❏ 红热痒痒虫
- ❏ 狂撕烈啸龙
- ❏ 飞速撕裂龙
- ❏ 尖刀牙驾驶龙
- ❏ 惊吓龙

- ❏ 海龙巨无霸
- ❏ 短翅松鼠龙
- ❏ 骷髅头暴龙
- ❏ 尖叫狂龙
- ❏ 臭臭龙
- ❏ 三头怒暴龙
- ❏ 卷舌龙
- ❏ 无牙幻梦
- ❏ 吸血龙
- ❏ 剧毒飞鹏
- ❏ 喷水龙
- ❏ 食蜂巨龙
- ❏ 普通花园龙
- ❏ 龉牙龙
- ❏ 电扭鳝
- ❏ 灭绝龙
- ❏ 萤火龙
- ❏ 鲨鱼蠕虫
- ❏ 银色幽灵龙
- ❏ 鼻涕灯泡龙
- ❏ 嗅嗅龙
- ❏ 偷窃龙
- ❏ 毒螯龙
- ❏ 绝毒笨虫

图书在版编目（CIP）数据：

驯龙高手 . 5, 龙的传说之命运交错 /（英）克蕾西达·考威尔
(Cowell,C.) 著；罗婉妮译 . — 青岛：青岛出版社，2014.4
ISBN 978-7-5552-0048-2

Ⅰ . ①驯… Ⅱ . ①考… ②罗… Ⅲ . ①儿童文学 – 长
篇小说 – 英国 – 现代 Ⅳ . ① I561.84
中国版本图书馆 CIP 数据核字 (2014) 第 002931 号

HOW TO TWIST A DRAGON'S TAIL
Text and illustrations copyright©2007 Cressida Cowell.
First published in Great Britain in 2007 by Hodder Children's Books
a division of Hachette Children's Books.
Simplified Chinese translation copyright©2014 by Qingdao
Publishing House arranged with Future View Technology Ltd.
All rights reserved.
山东省版权局著作权合同登记号 图字：15-2012-170

书　　名	驯龙高手⑤：龙的传说之命运交错
作　　者	［英］克蕾西达·考威尔
译　　者	罗婉妮
出版发行	青岛出版社
社　　址	青岛市海尔路 182 号（266061）
本社网址	http://www.qdpub.com
邮购电话	13335059110　0532-85814750（传真）　0532-68068026
策划编辑	谢 蔚　刘怀莲
责任编辑	刘克东
装帧设计	滕 乐
制　　版	青岛新华印刷有限公司
印　　刷	青岛新华印刷有限公司
出版日期	2014 年 4 月第 1 版　2014 年 4 月第 1 次印刷
开　　本	32 开（890mm×1240mm）
印　　张	7.5
字　　数	150 千
书　　号	ISBN 978-7-5552-0048-2
定　　价	18.00 元

编校质量、盗版监督服务电话　4006532017　0532-68068670
青岛版图书售后如发现质量问题，请寄回青岛出版社出版务部调换。
电话：0532-68068629
建议陈列类别：畅销·儿童文学

参加问卷调查 赢得免费大礼!
~ 欢迎参加"驯龙高手骑士团"读者俱乐部 ~

现在你已经读完了这本书,你还想再读一本吗?你觉得这本书是否精彩?请完成下面的问卷调查。你的意见对我们非常重要!我们会认真分析你的意见,以帮助我们为你打造更多、更好关于小嗝嗝的书。

填写这张表格(或是它的复印件)然后寄给我们,我们会抽取幸运读者奉寄一本精彩的书——完全免费哦!以此来感谢你的付出。

1. 你会向别人推荐这本书吗?

☐ 会　　☐ 不会

如果你选择会,你推荐它的理由是什么?

_____

2. 你喜欢这本书中的哪个人物?能简单说一下原因吗?

_____

3. 下一本你打算要读的是什么书?

_____

4. 你还喜欢读其他哪些作者的书?

_____

_____

5. 你愿意加入我们的"驯龙高手骑士团"吗?

☐ 愿意　☐ 不愿意

6. 你几岁了?

☐ 5-6　☐ 7-8　☐ 9-11　☐ 12-14　☐ 15 以上

名字:_____

通讯地址:_____

电子邮箱:_____

注:如果你未满 12 岁,请让你的家长或监护人在这张表格上签名,否则我们就无法把免费的书寄送给你!

家长 / 监护人签名:_____

(注:每个家庭只限获赠一本。)

我们只会使用你的地址来给你寄送免费书籍或海报,并且保证不会把你的地址转作他用。但是,如果你想收到青岛出版社的少儿类图书或期刊目录(电子版),或者参与青岛出版社每年暑假、寒假的阅读大赛等活动,请在方框中打钩,并且确保你在上面填写了正确的地址、电子邮箱。

☐ 愿意　☐ 不愿意

请把表格寄到:

山东省青岛市崂山区 182 号出版大厦,青岛出版社少儿出版中心读者俱乐部。邮编:266071。

请在信封上注明"驯龙高手"字样。

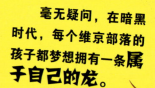